書下ろし

銭十文

素浪人稼業⑧

藤井邦夫

祥伝社文庫

目次

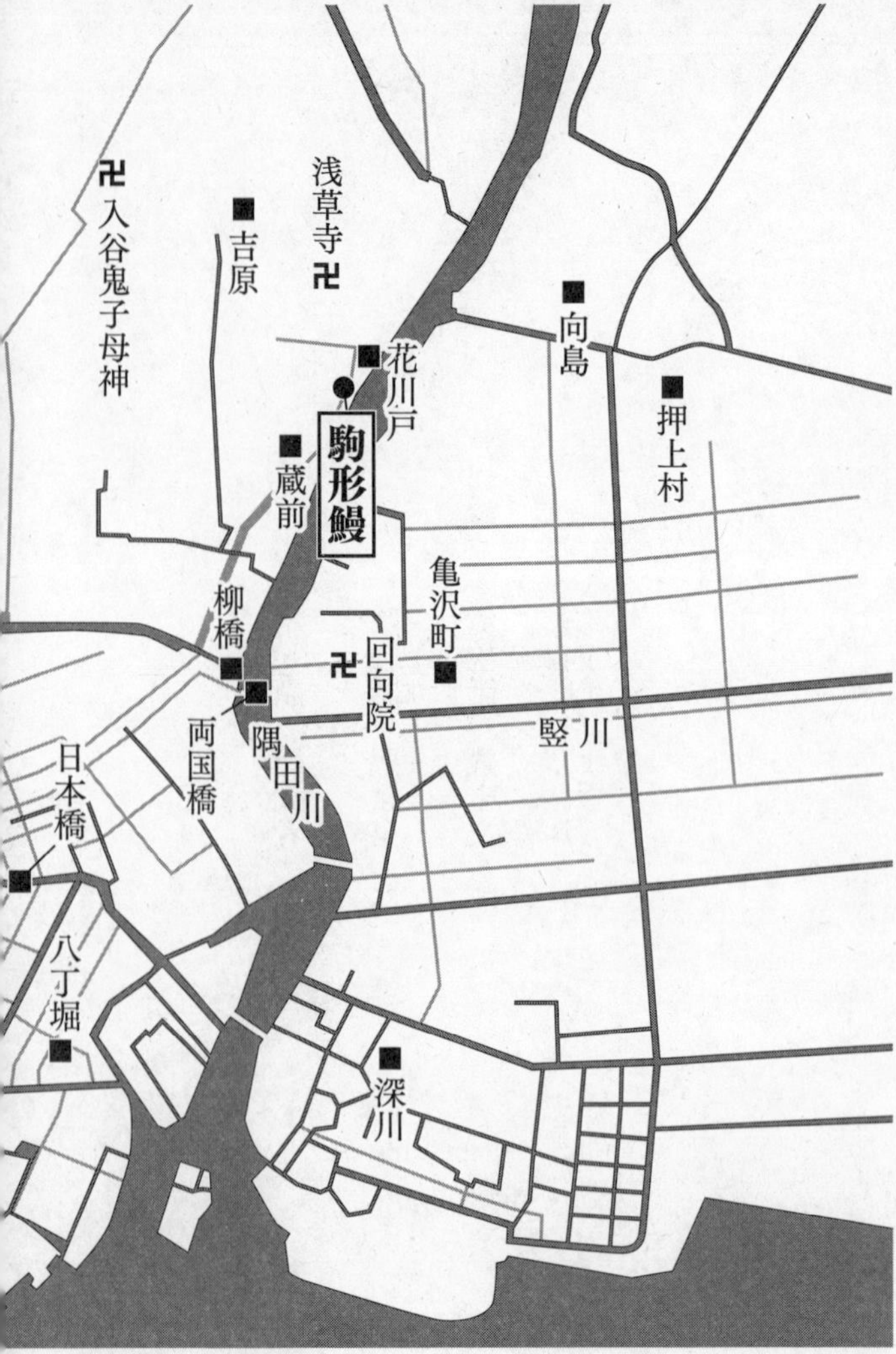

浅草寺
入谷鬼子母神
吉原
花川戸
向島
押上村
駒形鰻
蔵前
亀沢町
柳橋
回向院
両国橋
隅田川
竪川
日本橋
八丁堀
深川

「銭十文 素浪人稼業」の舞台

第一話　影武者

一

内藤新宿《ないとうしんじゆく》の往来には、土埃《つちぼこり》が靄《もや》のように立ち籠《こ》め、馬糞の臭いが漂《ただよ》っていた。

矢吹平八郎《やぶきへいはちろう》は、四《よ》ツ谷《や》大木戸《おおきど》を抜けて内藤新宿に入り、追分《おいわけ》に出た。

追分は甲州《こうしゅう》街道と青梅《おうめ》街道の分岐点であり、旅人や荷を乗せた馬などが行き交《か》っていた。

平八郎は、追分の東にある子育稲荷《いなり》の前に佇《たたず》み、甲州街道を眺めた。

甲州街道をやって来た旅人たちは、平八郎に見向きもせずに四ツ谷大木戸に向かって行った。

近くの天龍寺《てんりゆうじ》の鐘が、未の刻八つ（午後二時）を打ち鳴らした。

平八郎は、人待ち顔で佇み続けた。

前の日の夕暮れ時、平八郎は明神《みようじん》下のお地蔵長屋を出て、晩飯を食べに神田《かんだ》明神門前町にある居酒屋『花《はな》や』に向かった。

「平八郎さん……」

口入屋《くちいれや》『萬屋《よろずや》』の主の万吉《まんきち》が、明神下の通りを行く平八郎を呼び止めた。

「やあ……」

平八郎は、万吉の世話で大店の隠居の大山詣《おおやままい》りのお供をし、給金の他に過分な心付けを貰《もら》って懐《ふところ》は温かかった。

「ちょいと金廻りが良くなると、顔を出さないってのは人の道に外れますよ」

万吉は、平八郎に皮肉っぽい眼を向けた。

懐の温かい平八郎は、万吉に暫《しばら》く顔を見せていなかった。

「そう云《い》う訳じゃあないが、何か用か……」

万吉に臍《へそ》を曲げられては、割の良い仕事は貰えない……。

平八郎は慌てた。

「ええ。ちょいとした芝居をして欲しいんですがね」

「芝居……」

平八郎は、素《す》っ頓狂《とんきょう》な声をあげた。

「ええ……」

万吉は薄笑いを浮かべた。

「親父、俺は役者の修業はしていないぞ」

平八郎は戸惑った。

「ま、芝居と云っても、中村座《なかむら》や市村座《いちむら》に出る訳じゃあなし。何と云っても給金は一日一朱……」

万吉は、平八郎の弱味を露骨に突いた。

「一日一朱……」

平八郎は思わず喜び、慌てて打ち消した。

一朱は一六分の一両であり、貧乏浪人の平八郎には大金だ。

「御隠居さんのお供に続く美味《おい》しい仕事。如何《いかが》ですかい……」

万吉は、平八郎に笑い掛けた。

平八郎は、万吉の笑顔に釣られて思わず頷《うなず》き掛けたが、辛うじて思い止まった。

美味《うま》い話には危険が付き物……。

「で、どんな危ない事があるのだ……」

平八郎は眉をひそめた。

「危ない事って。ですから芝居をするだけですよ」

万吉は、微《かす》かな苛立《いらだ》ちを過《よぎ》らせた。

「そうだな。芝居だったな。だが親父、俺は敵役と三枚目はやらんぞ」

平八郎は、慌《あわ》てて告《つ》げた。

旅人は行き交った。

平八郎は、子育稲荷の前に佇み続けた。

「明日、未の刻八つに内藤新宿追分の子育稲荷で待っていれば、声を掛けてくる方がいます。その方が芝居の座頭でして、何事もその方の指図に従って下さい……」

平八郎は、万吉の言葉を思い出しながら芝居一座の座頭を待った。

塗笠《ぬりがさ》を被《かぶ》った旅の武士が、甲州街道をやって来て平八郎の隣に佇んだ。

自分と同じに子育稲荷で誰かと待ち合わせか……。

塗笠を被った旅の武士は、羽織袴《はおりはかま》の旅の埃を叩《はた》いた。

土埃が舞った。

平八郎は、思わず眉をひそめた。

「口入屋の万吉のお知り合いの方か……」

塗笠を被った旅の武士が、不意に嗄《しわが》れた声を掛けて来た。

「えっ、ええ……」

平八郎は、戸惑いながらも頷いた。

芝居一座の座頭は、旅の武士に扮《ふん》してやって来たのか……。

「ならば、御同道願う」

塗笠を被った旅の武士は、平八郎の返事も聞かずに片隅にある茶店に向かった。

「はあ……」

流石《さすが》に座頭だ。芝居は上手《うま》く、堂に入ったものだ……。

平八郎は、感心しながら続いた。

追分の茶店は、江戸を発《た》つ旅人と着いた旅人、見送る人と迎える人などで賑《にぎ》わっていた。

塗笠を被った旅の武士と平八郎は、茶店の二階の座敷を借りて落ち着いた。

塗笠を取った旅の武士は、白髪《しらが》頭の痩《や》せた老人だった。

「拙者《せっしゃ》、本多忠兵衛《ほんだちゅうべえ》と申す。お主は……」

旅の武士は本多忠兵衛と名乗り、平八郎を厳しい眼差《まなざ》しで見据《みす》えた。

武士の眼差し……。

平八郎は困惑した。

「はあ。私は矢吹平八郎と申すが、座頭の一座は……」

「座頭の一座……」

　本多忠兵衛は白髪眉をひそめた。

「口入屋の万吉が、声を掛けてくる方は芝居の座頭だと……」

　平八郎は首を捻《ひね》った。

「おのれ、万吉。矢吹どの、拙者は歴《れっき》とした武士。芝居一座の座頭などではない」

　忠兵衛は、こめかみを引き攣《つ》らせて白髪頭を震わせた。

「それは御無礼致した。お許し下さい」

　平八郎は、慌てて詫《わ》びた。

「いや、なに、おぬしが詫びる事ではない。悪いのは万吉だ」

　忠兵衛は、腹立たしげに云い棄《す》てて気の短さを窺《うかが》わせた。

「はあ……」

　平八郎は、思わず笑みを洩《も》らした。

「何かおかしいかな……」

　忠兵衛は、怪訝《けげん》な面持《おもも》ちで平八郎を見据えた。

「いえ。芝居をしなくても良いと分かり、ほっとしたものでして……」

「いや。芝居はして貰う」

「えっ……」

平八郎は混乱した。

「矢吹どの、おぬし剣は……」

忠兵衛は、平八郎の混乱を一顧《いっこ》だにしなかった。

「はあ。駿河台《するがだい》は岡田十松《おかだじゅうまつ》先生の撃剣館《げきけんかん》で切紙《きりがみ》を……」

切紙とは、神道無念流《しんとうむねん》の免許目録の一つだった。

「ほう。そうか、岡田先生の撃剣館の切紙か。そいつは頼もしい……」

忠兵衛は、岡田十松と撃剣館を知っていた。

「それ程でも……」

平八郎は照れた。

「いや。岡田先生の薫陶《くんとう》を受けた者なら、その人柄も信用できると云うもの。そうか、岡田先生の門弟か……」

忠兵衛は、平八郎より岡田十松を信用したらしく、盛《さか》んに頷いた。

「で、本多さま。芝居とは……」

「うむ。それなのだが、おぬしには、我が殿の御落胤《ごらくいん》を演じて貰う」

忠兵衛は、こめかみを引き攣らせて声を潜《ひそ》めた。

「御落胤……」

平八郎は驚いた。

「矢吹どの、拙者は旗本五千石守屋采女正《もりやうねめのしょう》さまの家来でしてな……」

本多忠兵衛は、五千石取りの旗本守屋家家臣だった。そして、忠兵衛は、平八郎に守屋采女正の御落胤を演じろと云った。

「本多さま。仔細《しさい》を教えてくれませんか」

平八郎は、混乱を募《つの》らせた。

「うむ。実はな……」

旗本の守屋采女正は、二ヶ月前に卒中で倒れて半身不随《ふずい》になった。守屋は、家督《かとく》を譲って隠居しようとした。だが、守屋に嫡男はいなく、幼い娘がいるだけだった。

守屋の母方の叔父《おじ》である小島勇蔵《こじまゆうぞう》は、己の三男の勇三郎《ゆうざぶろう》を養子に推挙して来た。小島は既に一族の主立った者たちに根廻しをしており、反対する者はいなかった。五千石取りの旗本守屋家は、小島勇三郎を養子に据える事に決まり掛けた。しかし、守屋采女正は頷かなかった。

「それは何故ですか……」

平八郎は眉をひそめた。

「うむ。殿には御落胤がござったのだ……」

「御落胤ですか……」

「うむ。我が殿が未《いま》だ部屋住みの頃、御領地の都留宮ノ原《つるみやのはら》に赴《おもむ》かれてな。その時、情を交わされたおなごがいらっしゃったのだ」

「じゃあ、そのおなごが御落胤を……」

「左様。男の子をお産みになられ、土地の寺に預けられてお育ちになられた……」

忠兵衛は、冷えた残り茶をすすった。

「その御落胤を私が……」

「左様、演じて貰う……」

忠兵衛は、厳しい面持ちで頷いた。

「しかし、何故ですか。一刻も早く御落胤を守屋さまに逢わせ、父子の名乗りをあげさせれば、宜《よろ》しいではありませんか……」

「矢吹どの、それが出来れば某《それがし》たち家来も苦労はござらぬ」

忠兵衛は、苛立たしげにこめかみを引き攣らせた。

「はあ……」

「右近《うこん》さまのお命を狙《ねら》う者がいるのだ……」

　忠兵衛は、白髪眉を深刻に歪《ゆが》めた。

「右近さまとは、御落胤ですか……」

「左様……」

「そう云う事ですか……」

　平八郎の役所は、命を狙われている御落胤の右近の身代りになる事だった。

「左様。我ら家来としては、一刻も早く命を奪わんとする者共を成敗し、後顧の憂《うれ》いなく殿と右近さまに御対面して戴《いただ》きたいと願っているのだ。それ故、都留宮ノ原から右近さまをお連れ致したのだ」

「ならば、右近さまは……」

「うむ、間もなく江戸に参られる。我らはその露払《つゆはら》いだ」

　忠兵衛は意気込んだ。

「しかし、本多さま。御落胤の右近さまの命を奪おうとしているのは、養子になろうとしている小島勇三郎とその父の小島勇蔵の他にはいないと思いますが……」

　平八郎は読んだ。

「勿論《もちろん》、我らもそう睨《にら》んでいる。だが、何分にも確かな証拠がないのだ」

忠兵衛は、老顔を苦渋に歪めた。

「そこで、私を右近さまの替え玉にして敵に狙わせ、その正体と確かな証拠を摑《つか》もうとの企《くわだ》てですか」

己の身を的《まと》にした仕事に一日一朱は、割りが良いのか悪いのか……。

平八郎は思わず考えた。

「替え玉とは無礼な。影武者だ」

「影武者……」

平八郎は、忠兵衛の古臭い言葉に苦笑した。

「さあ、これで仔細は分かったであろう。これからおぬしは、守屋右近さまとして我らと共に小石川《こいしかわ》にある守屋家菩提寺《ぼだいじ》の総玄寺《そうげんじ》に行って貰う」

「しかし、影武者と申しても、敵が見れば私は別人だと……」

「それが幸いな事に右近さまは宮ノ原で生まれ育った御落胤。敵に顔を知る者はおらぬ」

忠兵衛は、得意気に白髪頭を反らした。

「成る程……」

「宗助《そうすけ》……」

忠兵衛は、襖《ふすま》の外に声を掛けた。

「はい……」

旅姿の若い下男が、着物を入れた挟箱《はさみ》を持って座敷に入って来た。

「矢吹どの、これなるは本多家下男の宗助、宜しくお願い致す」

忠兵衛は、平八郎に宗助を引き合わせた。

「宗助にございます」

若い下男は、平八郎に挨拶《あいさつ》をした。

「矢吹平八郎です」

「ならば矢吹どの、早々に旅装束にお着替え下さい」

忠兵衛は、宗助の持参した着物を示した。

「えっ。着替えるのですか……」

「左様。如何《いか》に宮ノ原から来た田舎者《いなかもの》とは云え、旗本守屋家の御落胤、そのような着古した着物や袴では……」

忠兵衛は、露骨に眉をひそめた。

「それに、敵は既に何処《どこ》からか我らを見張ってるやもしれぬぞ」

忠兵衛は、白髪眉を怒らせて座敷を見廻した。

「分かりました」

最早《もはや》、影武者を務《つと》めるしかない……。

平八郎は覚悟を決めた。


内藤新宿から四谷に出て外濠《そとぼり》沿いを進み、市ケ谷《いちがや》牛込《うしごめ》を抜けて小石川に入る。

本多忠兵衛は、小石川迄《まで》の道筋を決めて追分の茶店を出た。

平八郎は、ぶっさき羽織に野袴の旅姿になり、深編笠を被って続いた。

下男の宗助は、挟箱を担《かつ》いで最後に茶店を出た。

忠兵衛は、敵の襲撃を警戒して辺りを厳しく睨み付けて進んだ。

擦れ違う町方の者は、忠兵衛の形相《ぎょうそう》に戸惑い、怯《おび》え、道を開けて振り返った。

「怪しい者、おりますか……」

平八郎は、前を行く忠兵衛に囁《ささや》いた。

「いや。おらぬ……」

忠兵衛は、擦れ違う者を厳しく一瞥《いちべつ》し、周囲に油断なく眼を配って進んだ。

寄らば斬るぞか……。

平八郎は苦笑した。

一行は四ツ谷大木戸に差し掛かった。
平八郎は、四ツ谷大木戸を抜ける時、見つめる鋭い視線を感じた。
平八郎は、辺りに鋭い視線の主を捜した。
二人の浪人が、物陰に隠れるように佇んでいた。
敵の見張りか……。
平八郎は眉をひそめた。
四ツ谷大木戸を抜けた一行は、四谷の町を外濠に進んだ。
平八郎は、再び鋭い視線を感じ、それとなく背後を窺った。
二人の浪人が、行き交う人々の間を見え隠れしながら追って来る。
やはり、見張りだ……。
平八郎は見定めた。
一行は外濠に出た。そして、外濠に架かる四ツ谷御門前を過ぎて北に向かった。
風が吹き抜け、外濠の水面に小波が走った。
平八郎は、何気なく背後を窺った。

二人の浪人は、物陰伝いに追って来ていた。

「本多さま……」

平八郎は、前を行く本多忠兵衛に囁いた。

「何だ……」

「浪人が二人、尾行《つけ》て来ます」

「なに……」

忠兵衛は振り返ろうとした。

「そのまま……」

平八郎は厳しく制した。

忠兵衛は、振り返るのを辛うじて思い止まり、歩き続けた。

「振り返れば、尾行が気付かれたと知り、すぐに消えます」

平八郎は、歩きながら囁いた。

「う、うむ……」

忠兵衛は、振り返ろうとした己を恥じるように頷いた。

「で、どうしますか……」

「おのれ、このままでは我らの行き先が突き止められる。追い払ってくれる」

忠兵衛は息巻いた。

「浪人はおそらく頼まれての事。尾行を撒《ま》いて逆に追い、何処に行くのか突き止めては如何ですか」

平八郎は提案した。

「成る程、そいつは良いが、出来るかな……」

忠兵衛は、躊躇《ためら》い迷った。

行く手の右に市ヶ谷御門、左に市ヶ谷八幡《はちまん》の鳥居が見えた。

「私に任せて下さい」

平八郎は、小さな笑みを浮かべた。

「なに……」

忠兵衛は、白髪眉をひそめた。

「このまま進み、市ヶ谷八幡の境内《けいだい》に入って下さい」

平八郎は、構わずに指示した。

「う、うむ……」

忠兵衛は不服げに頷きながらも、平八郎の指示通りに市ヶ谷御門前を左に曲がり、市ヶ谷八幡の境内に入った。

市ヶ谷八幡の境内に参拝客はいなかった。

「こっちに……」

平八郎は、忠兵衛と宗助を物陰に誘《いざな》った。

「いいですか。私が二人の浪人を叩きのめして追い払い、後を追って何処に行くのか見届けます」

平八郎は、己の企てを告げた。

「それはならぬ……」

忠兵衛は止めた。

「えっ……」

平八郎は戸惑った。

「今のおぬしは、御落胤の右近さまだ。叩きのめすのは良いが、後を尾行るのは拙《まず》い」

「ですが……」

忠兵衛に尾行は無理だ……。

平八郎は困惑した。

「それならば、手前が後を尾行ましょう」

宗助は、挟箱を降ろした。

「大丈夫か、宗助さん」

「はい。尾行が気付かれたらすぐに逃げます。無理はしません」

宗助は、屈託《くったく》のない笑みを浮かべた。

任せられる……。

平八郎の勘が囁いた。

「よし。じゃあ頼む」

平八郎は頷いた。

二人の浪人が、境内に駆け込んで来た。

平八郎は物陰から飛び出し、二人の浪人に襲い掛かった。

二人の浪人は、驚き慌てて刀を抜いた。

平八郎は、素早く一人を蹴り倒し、残る浪人の懐に入り、鋭い投げを打った。

浪人は、地面に激しく叩き付けられて土埃を巻き上げて呻《うめ》いた。

「強い……」

忠兵衛は、平八郎の強さに驚いた。

宗助は眼を丸くした。

蹴り飛ばされた浪人が起き上がり、猛然と平八郎に斬り付けた。

平八郎は、僅《わず》かに身を引いて刀を見切り、伸び切った腕に手刀を鋭く打ち込んだ。

浪人は、刀を落として腕を押さえた。

平八郎は、浪人の頬を殴り飛ばした。

浪人は、口から血を飛ばして仰向《あおむ》けに倒れた。

投げ飛ばされた浪人が、身を起こして境内から逃げた。

殴られた浪人が慌てて続いた。

「では、旦那さま……」

宗助は意気込んだ。

「うむ。気をつけてな」

忠兵衛は、心配げに頷いた。

「はい……」

宗助は、二人の浪人を追った。

忠兵衛と平八郎は見送った。

「さあ。参りましょう」

平八郎は、宗助が置いて行った挟箱を担いで忠兵衛を促した。

「それはならぬ……」

忠兵衛は、平八郎を厳しく咎《とが》めた。

「えっ……」

平八郎は驚いた。

「右近さまが挟箱を担いではなりませぬ。拙者が……」

忠兵衛は、平八郎から挟箱を奪い取った。

「さあ。参りましょう」

忠兵衛は、市ヶ谷八幡の境内を出た。

平八郎は、苦笑しながら続いた。


二人の浪人は、市ヶ谷八幡近くの寺の境内に逃げ込んだ。そして、手水所に駆け寄って水を飲み、顔を洗った。

宗助は、木陰から二人の浪人を見守った。

二人の浪人は、息を荒く鳴らしながら手水所の傍《そば》にへたり込んだ。

宗助は見守った。

木洩れ日が揺れた。

二

外濠は西日に煌《きら》めいた。

忠兵衛と平八郎は、外濠沿いの道を牛込御門に進んだ。

牛込御門から神楽坂《かぐらざか》下を抜け、江戸川《えどがわ》に架かる船河原橋《ふながわらばし》を渡り、牛天神《うしてんじん》脇を北に進むと小石川だ。

旗本守屋家の菩提寺『総玄寺』は、白山権現《はくさんごんげん》の近くにあった。

忠兵衛と平八郎は、牛込御門前、神楽坂下を抜けて進んだ。

平八郎は周囲に気を配り、尾行者の有無を探った。

尾行者が後ろにいるとは限らない……。

横にいるか、場合によっては前にいる事もある。

平八郎は、周囲を鋭く窺った。

尾行する者の気配はなかった。

「矢吹どの、宗助は大丈夫ですかな」

挟箱を担いだ忠兵衛は、歩きながら心配げに尋《たず》ねた。

「心配いりませんよ」

平八郎は、無理はしないと屈託のない笑みを浮かべた宗助を思い浮かべた。

「そうか……」

「ええ。宗助、若いのに落ち着いていて、しっかりしていますね」

平八郎は誉《ほ》めた。

「それはもう……」

忠兵衛は、嬉《うれ》しげな笑みを浮かべて頷いた。

「歳は幾つです」

「二十歳《はたち》を過ぎたばかりだ」

「ほう。二十歳を過ぎたばかりですか……」

平八郎は、己の二十歳の頃を思い出した。

血気に逸《はや》り、落ち着きなく動き廻っていた己を……。

平八郎は、六年前の己を思い出して密《ひそ》かに苦笑した。

忠兵衛と平八郎は、江戸川に架かる船河原橋を渡って牛天神脇を北に進んだ。

陽が沈み始め、忠兵衛と平八郎の影が長く伸びた。

日は暮れた。
神田明神門前町の盛り場は酔客で賑わっていた。
宗助は、二人の浪人を追って盛り場を進んだ。
二人の浪人は、片隅にある飲み屋に入った。
宗助は、物陰で見届けた。
どうする……。
宗助は、二人の浪人を追って飲み屋に入るかどうか迷った。
二人の浪人は、尾行を命じた者と落ち合っているのかもしれない。
飲み屋に入るしかない……。
宗助はそう決め、飲み屋の暖簾《のれん》を潜《くぐ》った。
飲み屋は酔客で賑わっていた。
「いらっしゃい……」
宗助は、飲み屋の亭主に迎えられて隅の席に座った。
「酒ですかい」

「う、うん……」

宗助は、亭主に酒を頼んで店内を見廻した。

二人の浪人は、店の奥で羽織袴の武士と酒を飲んでいた。

羽織袴の武士が、二人の浪人に尾行を命じた者なのか……。

宗助は、運ばれて来た酒をすすりながら二人の浪人と羽織袴の武士を見守った。


小石川『総玄寺』は、静寂《せいじゃく》に覆《おお》われていた。

本多忠兵衛と平八郎は、総玄寺住職の良庵《りょうあん》に迎えられて離れ座敷に落ち着いた。

良庵は、守屋家の事情と経緯を知っているらしく、忠兵衛と目配せをして意味ありげに頷いた。

夕餉《ゆうげ》も終わった頃、忠兵衛は宗助が来ないのを心配した。

「遅い。遅すぎる……」

忠兵衛は、白髪眉を不安げに歪めた。

「本多さま、小島勇蔵の屋敷は何処ですか」

平八郎は尋ねた。

「小島勇蔵さまの屋敷か……」

「ええ。二人の浪人に尾行を命じた者を辿《たど》れば、おそらく小島勇蔵に辿り着く筈《はず》。となれば、最後には小島の屋敷に行くかもしれません」

平八郎は読んだ。

「成る程……」

「何処ですか、小島の屋敷は……」

「下谷七軒町《したやしちけんちよう》は三味線堀《しやみせんぼり》の傍だ」

「と云うと、出羽国《でわのくに》秋田《あきた》藩の佐竹《さたけ》さまの江戸屋敷の前ですか……」

「左様……」

忠兵衛は頷いた。

「分かりました。私が一っ走り見て来ます」

平八郎は気軽に云い、己の着物と袴に着替え始めた。

「それは拙い。おぬしは今、守屋家御落胤の右近さまだ。夜更けに出歩くなどと……」

忠兵衛は慌てた。

「なあに、こいつを着れば素浪人の矢吹平八郎ですよ。じゃあ……」

平八郎は、庭に降りて着物と一緒にしておいた古い草履《ぞうり》を履《は》き、裏木戸を出て行った。

「矢吹どの……」

忠兵衛は見送った。

小石川から下谷七軒町三味線堀迄は、本郷《ほんごう》の通りから下谷に抜け、御徒町《おかちまち》を横切れば良い。

平八郎は、袴の股立《ももだ》ちを取って夜道を猛然と走り出した。


半刻（一時間）近くが過ぎた。

飲み屋は、酔客の楽しげな笑い声に溢れていた。

宗助は、二人の浪人と羽織袴の武士を見守り続けた。

二人の浪人と羽織袴の武士は、酒を飲みながら何事かを語り合っていた。そして、羽織袴の武士は座を立った。

羽織袴の武士は帰る……。

宗助は、亭主に金を払って飲み屋を出た。

盛り場の賑わいは続いていた。

飲み屋を出た宗助は、斜向《はすむ》かいの居酒屋の赤提灯《あかちようちん》の陰に潜んだ。
赤提灯には、居酒屋『花や』と書かれていた。
居酒屋『花や』から中年の男客が出て来た。
宗助は、慌てて路地に隠れた。
中年の男客は宗助に気付き、怪訝な面持ちで立ち去って行った。
羽織袴の武士が、斜向かいの飲み屋から出て来て明神下の通りに向かった。
宗助は、『花や』の路地から出て、羽織袴の武士を追った。
居酒屋『花や』から出て来た中年の男客が、暗がりから現れて宗助の後に続いた。

中年の男客は、岡っ引駒形《こまがた》の伊佐吉《いさきち》の手先を務めている長次《ちようじ》だった。
長次は老練な男であり、平八郎とも親しい仲だった。
誰かを見張っているのか……。
長次は、旅姿の若者の動きに不審を抱き、暗がりに潜んでその動きを見守った。
旅姿の若者は、飲み屋から出て来た羽織袴の武士を追って行く。
何かある……。
長次は、羽織袴の武士を尾行る旅姿の若者を追った。

旅姿の若者は、羽織袴の武士を追って明神下の通りを横切り、御成《おなり》街道に向かった。

羽織袴の武士は、御成街道から御徒町に出て藤堂《とうどう》家と宗家の大名屋敷の間を通り、向柳原《むこうやなぎわら》の通りを三味線堀に進んだ。

長次は追った。


三味線堀は月明かりに輝いていた。

羽織袴の武士は、三味線堀を過ぎて甍《いらか》を連ねている旗本屋敷の一軒の潜り戸を叩いた。

潜り戸が開き、羽織袴の武士は旗本屋敷に入った。

宗助は見届けた。

誰の屋敷だ……。

宗助は、辺りを見廻した。

旗本屋敷の潜り戸が開き、羽織袴の武士が数人の武士と中間たちと現れ、宗助を取り囲んだ。

しまった……。

宗助は慌てた。だが、既に取り囲まれ、逃げ道はなかった。

「何故、後を尾行る。下郎、何者だ」

羽織袴の武士は、宗助に問い質《ただ》した。

宗助は後退《あとずさ》りした。

「おのれ、答えぬとあらば、捕らえて吐かせる迄だ」

羽織袴の武士は、刀の柄を握り締めて宗助に迫った。

宗助は凍《い》て付いた。

刹那《せつな》、呼子笛《よびこぶえ》の音が甲高《かんだか》く鳴り響いた。

羽織袴の武士たちは思わず怯《ひる》んだ。

宗助は、その隙《すき》を衝《つ》いて囲みを破った。

「おのれ……」

羽織袴の武士は追い縋《すが》り、逃げる宗助に抜き打ちの一刀を放とうとした。

拳大の石が、唸《うな》りをあげて羽織袴の武士に飛来した。

羽織袴の武士は咄嗟《とっさ》に躱《かわ》した。

「こっちだ……」

男が、闇から現れて宗助を呼んだ。

宗助は、男の許《もと》に走った。
羽織袴の武士たちは追った。
宗助と男は逃げた。
羽織袴の武士たちは、白刃を翳《かざ》して宗助と男に追い縋った。
宗助と男は、追い詰められた。
次の瞬間、猛然と駆け込んで来た平八郎が、武士と中間たちを蹴散らした。
羽織袴の武士は戸惑った。
「行くぞ」
平八郎は、宗助と男に呼び掛けて暗い路地に走り込んだ。
宗助と男は続いた。
羽織袴の武士たちは追った。
不忍池《しのばずいけ》の畔《ほとり》の木々は、夜風に梢《こずえ》を揺らしていた。
平八郎は、立ち止まって息をついた。
追手はどうやら振り切った。
平八郎は、不忍池の畔にへたり込んでいる宗助と男を振り返った。

「危なかったな。宗助……」

「はい。こちらの方にお助け戴きました」

宗助は、隣で息を整えている男を示した。

「そうか。助かった。礼を申す」

平八郎は、男に頭を下げた。

「平八郎さん、あっしですよ」

男は苦笑した。

「えっ。まさか……」

平八郎は、男の声に聞き覚えがあった。

「きっと、そのまさかですよ」

男は長次だった。

「長次さん……」

平八郎は、顔を綻《ほころ》ばせた。

「お知り合いですか……」

宗助は戸惑った。

「ああ。私の尾行や見張りの師匠《ししょう》だ」

平八郎は微笑《ほほえ》んだ。

「師匠……」

宗助は眉をひそめた。

「うん。宗助、本多さまが心配している。一息ついたら行くぞ」

「はい」

「長次さんも一緒に来て下さい……」

「先に行って下さい。あっしは後から……」

長次は、小さな笑みを浮かべた。

「そうしてくれますか……」

「ええ……」

「行き先は小石川の総玄寺です」

「承知……」

長次は頷き、暗がりに消えた。

「じゃあ宗助……」

「矢吹さま、長次さんは……」

宗助は、平八郎に怪訝な眼を向けた。

「尾行る者を警戒しながら後から来る」

「そうか、成る程……」

宗助は、平八郎と長次の慎重さに感心した。

「行くぞ」

平八郎は、宗助を伴って本郷の通りに急いだ。


小石川『総玄寺』の門前には、人影が彷徨《うろつ》いていた。

本多忠兵衛だ……。

平八郎は苦笑した。

忠兵衛は、宗助と平八郎を心配して門前で待っていた。

「宗助、本多さまだ。先に行け。私は長次さんと一緒に行く」

「はい……」

宗助は、忠兵衛に駆け寄った。

「本多さま……」

「おお、無事だったか……」

忠兵衛は、喜びと安堵《あんど》の入り混じった声をあげた。

平八郎は、辺りを窺いながら長次を待った。

長次が駆け寄って来た。

「尾行る者はおりませんぜ」

「そうですか……」

「平八郎さん、一体何がどうなっているんですかい」

長次は眉をひそめた。

「なに、こいつも万吉のくれた仕事です」

平八郎は苦笑した。

平八郎は、本多忠兵衛に長次を引き合わせた。そして、長次に万吉に与えられた仕事の内容と今迄の顚末《てんまつ》を教えた。

「影武者とは又、面倒で危ねえ仕事ですね」

長次は、吐息《といき》を洩らした。

「ま、一日一朱だ……」

平八郎は、己を納得させた。

「どうぞ……」

宗助が、平八郎と長次に茶を差し出した。

「うん……」

「こいつは忝《かたじけ》ねえ」

平八郎と長次は茶をすすった。

「あった。あった。切絵図を借りて来たぞ」

忠兵衛が、良庵から江戸の町の切絵図を借りて来た。

「ありましたか」

「うむ……」

忠兵衛は、浅草《あさくさ》の切絵図を広げた。

「宗助、どの屋敷だ……」

「は、はい……」

宗助は、浅草の切絵図を覗き込んだ。

「ここです」

宗助は、三味線堀の傍の屋敷を指差した。

長次が頷いた。

「おお、まさに小島勇蔵の屋敷……」

忠兵衛は、嗄れ声を震わせた。

宗助の指差した屋敷には、守屋采女正の母親の弟の『小島勇蔵』の名が書き記されていた。

「じゃあ宗助、二人の浪人と逢っていた羽織袴の武士は、小島勇蔵の屋敷に入ったのだな」

平八郎は念を押した。

「はい。間違いありません」

宗助は頷いた。

「ならば、小島の家来か。おのれ、小島勇蔵……」

忠兵衛は、怒りにこめかみを引き攣らせた。

「本多さま。守屋采女正さまと右近さまが対面されるのはいつですか」

平八郎は尋ねた。

「明後日だ……」

忠兵衛は、喉を鳴らして頷いた。

「明後日……」

平八郎は眉をひそめた。

「うん。場所は駿河台は小川町《おがわまち》の御屋敷だ」

忠兵衛は告げた。

「ならば、右近さまは明後日……」

「うむ。真っ直《ます》ぐに小川町の守屋屋敷に参る」

「じゃあ私は、守屋さまと右近さまの御対面が終わる迄、小島たちの眼を引き付けておくのが役目ですか……」

「左様。小島たちは、おそらく右近さまを亡き者にしようと、我らを捜し廻る筈。そして、何《いず》れは守屋家菩提寺のこの寺は突き止められる……」

忠兵衛は、厳しさを過らせた。

「ま、その時こそが、影武者のおぬしの出番。襲った者を捕らえ、小島勇蔵の悪巧《わるだく》みを暴いて下され」

忠兵衛は、己の企てに老顔を輝かせた。

「ま、そいつは良いのですが……」

平八郎は首を捻った。

「何か不服でもあるのかな……」

忠兵衛は、白髪眉をひそめた。

「はあ。襲われるのを黙って待っているのも芸のない話だと思いましてね」

「ま、そう云えばそうだが……」

忠兵衛は、思わず頷いた。

長次は苦笑した。

「如何でしょう。こっちから仕掛けてみるってのは……」

「仕掛ける……」

忠兵衛は戸惑った。

「はい……」

平八郎は、その眼を輝かせた。

三

三味線堀は武家地にある。

周囲には、出羽国秋田藩佐竹家、越後《えちご》国三日市《みっかいち》藩柳沢《やなぎさわ》家、下野《しもつけ》国烏山《からすやま》藩大久保《おおくぼ》家、蝦夷《えぞ》国松前《まつまえ》藩松前家などの大名屋敷や旗本屋敷が甍を連ねていた。

旗本小島勇蔵の屋敷は、表門を閉じて静けさに覆われていた。

長次は、平八郎と相談して小島屋敷に探りを入れた。

隣近所の大名旗本の屋敷の中間《ちゅうげん》や小者、出入りを許されている商人……。

長次は、そうした者たちにそれとなく小島家の評判や様子を聞き込んだ。

小島家当主の勇蔵は、武士でありながら金銭欲の強い吝嗇《りんしょく》家であり、何かと噂の多い人柄だった。そして、守屋家の養子に推している三男の勇三郎は、旗本の部屋住み仲間と女遊びや博奕《ばくち》に現《うつつ》を抜かしている若者だった。

陸《ろく》な父子じゃあねえ……。

長次は呆れた。

昨夜、宗助が尾行た羽織袴の武士は、小島家家来の今田甚内《いまだじんない》だと判明した。

今田甚内は、何事にも抜け目がなくて主の小島勇蔵に可愛《かわい》がられていた。

長次は、聞き込みを続けた。

昼が近付いた頃、三味線堀に屋根船がやって来て船着場に船縁《ふなべり》を寄せた。

屋根船の船頭は、元は本所松坂町《ほんじょまつざかちょう》の地廻り『弁天屋《べんてんや》』の若い衆だった丈吉《じょうきち》だった。

今、丈吉は船頭をしながら、時々岡っ引の伊佐吉や長次の探索の手伝いをしている。

長次は、丈吉の屋根船に駆け寄った。

「御苦労だな。丈吉」

「いいえ。中ですぜ」

長次は、屋根船の障子の内に入った。

平八郎が、ぶっさき羽織に野袴の守屋右近に扮していた。

「どうですか……」

「そいつが、父子揃っての陸でなしでしてね。それから昨夜の野郎は、今田甚内って家来ですよ」

長次は苦笑し、平八郎に聞き込みの結果を報《しら》せた。

ぶっさき羽織に野袴の平八郎が、深編笠を被って屋根船を降りた。

平八郎は、悠然とした足取りで小島屋敷に向かった。

馬子《まご》にも衣装だ……。

長次は、御落胤の右近に扮した平八郎に感心した。

平八郎は、小島屋敷の表門脇の潜り戸を乱暴に叩いた。

「何か御用ですか……」

潜り戸から出て来た中間が、平八郎に険しい眼を向けた。

「うん。俺を邪魔にする者共の顔を見に来たのだが、いるか」

平八郎は、声に嘲《あざけ》りを滲《にじ》ませた。

「邪魔にする者共ですか……」

中間は戸惑った。

「小島勇蔵と勇三郎の父子揃って愚《おろ》かな者共だ」

平八郎は、居丈高《いたけだか》に云い放った。

「おいでになりますが……」

中間は、怯えを過らせた。

「ならば、守屋右近が懲《こ》らしめに来たと早々に伝えい」

平八郎は厳しく命じた。

「は、はい」

中間は、慌てて潜り戸に入った。

平八郎は、丈吉の屋根船に駆け戻り、素早く障子《しょうじ》の内に入った。

平八郎は、障子の内に隠れた。

「今田たちが出て来ましたぜ」

長次は、障子を僅かに開けて見張っていた。

平八郎は、長次に並んで障子の外を見た。

今田甚内たち家来は、深編笠にぶっさき羽織の武士を捜した。

「その深編笠にぶっさき羽織の武士、まこと守屋右近と申したのだな」

今田は、中間に問い質した。

「はい。確かに……」

中間は頷いた。

「おのれ……」

今田は辺りを見廻し、三味線堀の船着場で煙草《たばこ》を吸っている船頭の丈吉に気付き、駆け寄った。

「船頭、深編笠にぶっさき羽織の武士を見なかったか……」

今田は、船着場の上から尋ねた。

「へい。深編笠のお侍なら浅草御蔵の方に行きましたぜ」

丈吉は、三味線堀の東を指し示した。

東には元鳥越町《もととりごえちょう》や蔵前《くらまえ》の通り、そして公儀の米蔵である浅草御蔵がある。

「まだ遠くには行っていない。追うぞ」

今田たち家来は、武家屋敷街を浅草御蔵に向かって走り出した。

平八郎が、屋根船の障子の内から現れて深編笠を被った。

「良くやった丈吉……」

「へい」

丈吉は嬉しげに笑った。

平八郎は屋根船を降りた。

「丈吉、船を御厩《おうまや》河岸《がし》に廻しておけ」

長次が、そう云い残して平八郎に続いた。

「合点《がってん》だ……」

丈吉は頷いた。

平八郎と長次は、今田たち家来を追った。

丈吉は、屋根船の舳先を掘割に向けた。

掘割は三味線堀から元鳥越を流れ、浅草御蔵の傍を抜けて大川《おおかわ》に繋がっている。

丈吉は、屋根船を操って大川に急いだ。

平八郎と長次は、今田たち家来を追った。

「よし。長次さん、俺は先廻りして奴らを御厩河岸に誘《おび》き出します」

「承知……」

長次は頷いた。

平八郎は、ぶっさき羽織を翻《ひるがえ》して裏通りに走り込んだ。

長次は、今田たち家来を追った。


今田たち家来は、裏通りや路地に守屋右近を捜しながら進んだ。だが、右近の姿は見えなかった。

今田は焦《あせ》った。

「今田どの……」

家来が、緊張した顔で行く手を指差した。

ぶっさき羽織の武士が、深編笠を被って足早に行く姿が見えた。

「奴だ」

今田は走った。

家来たちは続いた。

深編笠にぶっさき羽織の右近は、裏通りから路地に入った。

今田たち家来は、右近の入った路地に進んだ。

路地の先には新堀川《しんぼりがわ》が流れていた。

右近は、既に新堀川に架かる橋を渡って蔵前の通りに向かっていた。

「おのれ……」

今田は苛立った。

蔵前の通りは、神田川に架かる浅草御門から浅草広小路を結んでおり、道筋には浅草御蔵や駒形堂があった。

平八郎は、蔵前の通りを横切り、浅草御蔵と三好町《みよしちょう》の間の道を進んだ。その道の突き当たりは大川であり、御厩河岸がある。

平八郎は、物陰に潜んで今田たち家来を見守った。

今田たち家来は、蔵前の通りを横切って三好町に追って来た。

平八郎は、物陰に潜んで今田たち家来を遣《や》り過ごした。

今田たち家来は、三好町を御厩河岸に向かった。

平八郎は、嘲りを浮かべて見送った。

「平八郎さん……」

長次がやって来た。

「狙い通りですね」

「ええ。丈吉の屋根船、来ていますかね」

「大丈夫ですよ」

長次は、薄笑いを浮かべて頷いた。

「じゃあ……」

平八郎は、深編笠を被り直して御厩河岸に進んだ。

長次は続いた。


大川は滔々《とうとう》と流れ、様々な船が行き交っていた。

御厩河岸は浅草御蔵の北の端にあり、渡し場でもあった。

渡し場には小さな待合処があり、行商人やお店者《たなもの》が渡し船を待っていた。

大川の岸辺には、浅草御蔵の北の端から駒形堂や吾妻橋《あずまばし》に続く道があった。

今田たち家来は、御厩河岸にぶっさき羽織に深編笠を被った右近を捜した。

ぶっさき羽織に深編笠を被った右近は、浅草御蔵の北の端の道に佇んでいた。

「奴だ。容赦《ようしゃ》は要《い》らぬ、斬り棄てろ」

今田たち家来は、ぶっさき羽織に深編笠を被った右近に殺到した。

来たか……。

平八郎は深編笠を取り、殺到する今田たち家来に向かった。

今田たちは、刀を抜き払って平八郎に襲い掛かった。

平八郎は、抜き打ちの一刀を閃《ひらめ》かせた。

先頭の家来が、刀を弾《はじ》き飛ばされてよろめいた。

平八郎は、よろめいた家来を殴り倒し、次の家来に襲い掛かった。

家来は、恐怖に顔を醜《みにく》く引き攣らせて身を翻した。

平八郎は、身を翻して逃げようとした家来の背を蹴り飛ばした。

蹴り飛ばされた家来は、悲鳴をあげて顔から激しく倒れ込んだ。

二人の家来が、猛然と平八郎に斬り付けた。

平八郎は、二人の家来の刀を躱して鋭く踏み込んだ。そして、擦れ違い態《ざま》に刀を煌めかせた。

家来の一人が刀を握る腕から血を飛ばして蹲《うずくま》り、残る一人が太股から血を流して崩れた。

残る家来は今田甚内一人……。

平八郎は、猛然と今田甚内に迫った。

今田は怯み、思わず後退りをした。

「今田甚内、一緒に来て貰う」

平八郎は笑い掛けた。

「なに……」

今田は、困惑と恐怖を交錯させた。

次の瞬間、平八郎は刀の峰を返して今田の首筋を打ち据えた。

今田は、苦しげに呻いて気を失い、その場に崩れ落ちた。

長次が駆け寄って来た。

「相変わらずの冴《さ》えですね」

長次は感心した。

「それ程でもない」

平八郎は照れた。

長次は、気を失っている今田に手際良く縄を打った。

丈吉の屋根船が上流から現れ、御厩河岸の船着場に船縁を寄せた。

平八郎と長次は、気を失っている今田を屋根船に乗せた。

「出せ」

長次が短く命じた。

「合点だ」

丈吉は、平八郎と長次、そして気を失っている今田を乗せた屋根船を素早く大川の流れに乗せた。

残された家来たちは苦しげに呻き、渡し船を待っている行商人やお店者は呆気《あっけ》に取られて屋根船を見送った。


小石川『総玄寺』の土蔵の中は、暗くて黴《かび》臭く冷え冷えとしていた。

今田甚内は、縛られたまま顔に黒い布袋を被せられ、冷たく埃っぽい床に転がされた。

「助けて。頼む、助けてくれ」

今田は哀願した。

平八郎は苦笑した。

本多忠兵衛と宗助は、緊張した面持ちで平八郎たちを見守った。

長次は、倒れている今田を引き起こした。

「今田甚内、何故、守屋右近さまの命を狙ったのだ」

平八郎は問い質した。

「し、知らぬ。守屋右近など知らぬ」

刹那、平八郎は今田の横面に平手打ちを与えた。

鋭い音が短く鳴り、今田は悲鳴をあげた。

黒い布袋を頭から被せられ、相手の動きや周囲の情況が見えない今田にとり、不意の平手打ちは恐怖でしかない。

今田は震えた。

「今田、人一人、この世から消すなど、造作もない事だ」

平八郎は、嘲りを滲ませた。

今田の震えは、一段と激しくなった。

「素っ裸にして、海に棄てるか穴に埋めるか。たとえ死体が見つかっても、何処の誰か分かりゃあしねえ」

長次は、面白そうに笑った。

「た、助けてくれ……」

今田は、喉を引き攣らせて声を嗄《か》らした。

「ならば、誰の言い付けで右近さまを狙っているのか吐くんだな」

平八郎は、そう云いながら刀の鞘から小柄を抜き、今田の膝に突き刺した。

今田は、驚きと恐怖に大きく仰《の》け反《ぞ》った。

平八郎は笑った。

笑い声は、土蔵の中に不気味に響いた。

今田の恐怖は頂点に達した。

「殿だ。我が殿、小島勇蔵さまが右近さまの命を奪えと……」

今田は、嗄れた声を激しく震わせた。

「やはり、小島勇蔵の言い付けか……」

平八郎は念を押した。

「ああ……」

今田は項垂《うなだ》れた。

「よし……」

平八郎は、今田を当て落とした。

今田は呻き、意識を失った。

平八郎は、吐息を洩らした。

「上手くいきましたね」

長次は笑った。

「ええ。長次さん、やっぱり俺の性に合わないですよ。人を責めるのは……」

平八郎は疲れを滲ませた。

「おのれ、小島勇蔵。家来の今田甚内は奸計《かんけい》の動かぬ証拠。如何《いか》に我が殿の叔父上とは申せ、最早《もはや》許せるものではない……」

本多忠兵衛は、白髪眉を怒りに震わせた。

「本多さま、己の悪巧みの動かぬ証拠の今田が捕らえられたとなると、小島も黙ってはいませんよ」

平八郎は苦笑した。

「ならば……」

忠兵衛は眉をひそめた。

「証拠を取り戻すか、消すか……」

平八郎は読んだ。

「いずれにしろ襲い掛かってくるか……」

忠兵衛は緊張した。

「はい。我らが守屋家菩提寺総玄寺にいるのは、そろそろ分かる筈ですからね」

「成る程。矢吹どのの申される通りだ。して、どうする」

忠兵衛は、平八郎の指示を仰いだ。

「右近さまが御父上守屋采女正さまと御対面するのは明日。となると襲って来るのは今夜か……」

平八郎は睨んだ。

「なあに心配は要りません。奴らが動けば、報せが来る手筈ですぜ」

長次は、その眼を光らせた。

「そうか……」

平八郎は、笑みを浮かべて頷いた。

燭台《しよくだい》の明かりは揺れた。

「おのれ……」

小島勇蔵は、用人の田所左内《たどころさない》から逃げ帰って来た家来たちの報告を聞き、怒りを露《あら》わにした。

「父上、奴らは何故、今田を連れ去ったのでしょう……」

小島勇三郎は眉をひそめた。

「分からぬか勇三郎、奴らは今田を我らの企ての証人にする気なのだ」

小島は苛立った。

「証人……」

勇三郎は戸惑った。

「勇三郎、その方、五千石の旗本家の家督を継《つ》ぐ身。少しはものを考えろ」

小島は、勇三郎を厳しく一瞥した。

勇三郎は、恥ずかしげに俯《うつむ》いた。

「して田所、奴らの居場所、突き止めたのか」

「守屋屋敷に探りを入れた処、おそらく小石川にある守屋家菩提寺の総玄寺かと……」

田所は告げた。

「成る程、守屋家の菩提寺か……」

「はい」

「よし。采女正と右近の対面は明日。今夜中に始末しろ」

「心得ました」

田所は頷いた。


小島屋敷の潜り戸が開いた。

用人の田所左内が現れ、足早に御徒町に向かった。

岡っ引の駒形の伊佐吉が、下っ引の亀吉《かめきち》と丈吉を従えて現れた。

「用人の田所左内ですよ」

亀吉は、伊佐吉に告げた。

伊佐吉は、丈吉の持って来た長次の手紙を読み、亀吉に小島家を調べさせた。

「よし。俺と亀吉が追う。丈吉は引き続き、小島屋敷を見張ってくれ」

「はい」

丈吉は頷いた。

伊佐吉と亀吉は、用人の田所左内を暗がり伝いに追った。

田所左内は、御徒町の武家屋敷街を抜けて下谷町一丁目に入った。

下谷町一丁目の忍川《しのぶがわ》の傍には、直心影《じきしんかげ》流の古びた剣術道場があった。

田所は、古びた剣術道場に入った。

「直心影流の道場だな」

「ええ。尤《もっと》も今は、旗本御家人の部屋住みや食詰め浪人共の溜《たま》り場ですがね」

亀吉は告げた。

浅草一帯を縄張りにしている伊佐吉たちは、下谷や谷中《やなか》にも詳しかった。

僅かな刻が過ぎた。

田所は、六人の浪人を伴って剣術道場から出て来た。

「野郎、何処かに押し込む気ですかね」

亀吉は眉をひそめた。

「ああ。亀、俺は尾行る。お前は先廻りをして、この事を総玄寺の長さんたちに報せろ」

「承知……」

亀吉は、裏路地に走った。

伊佐吉は、田所と浪人たちを追った。

田所と浪人たちは、下谷町から不忍池の畔を抜けて本郷の通りに向かった。

伊佐吉は慎重に追った。

不忍池は、不気味な程に静かだった。

四

機先を制する。

平八郎は、亀吉の報せを受け、総玄寺を出て迎え撃つ事にした。

「亀吉、相手は小島家用人の田所左内と浪人が六人だな」

平八郎は念を押した。

「はい。浪人共は下谷の剣術道場の奴らです」

亀吉は頷いた。

「腕に覚えのある奴らを雇いやがったか……」

長次は苦笑した。

「よし……」

平八郎は、本多忠兵衛と宗助に今田甚内を見張らせ、長次や亀吉と一緒に総玄寺を出た。

総玄寺門前の往来に人気はなかった。

平八郎は、長次や亀吉と物陰に潜んで暗い往来を見据えた。

僅かな刻が過ぎた。

「来た……」

往来の闇に眼を凝《こ》らしていた長次が、緊張した声で呟いた。

平八郎は、往来の闇を見据えた。

亀吉が喉を鳴らした。

闇を揺らし、田所左内と六人の浪人が往来に現れた。

「長さんと亀吉は、此処《ここ》で俺が討ち洩らした奴を頼みます」

「承知……」

長次と亀吉は、十手を握り締めて頷いた。

「じゃあ……」

平八郎は、物陰から往来に出た。

田所と浪人たちは、往来の真ん中に佇んでいる平八郎に気付いて歩みを止めた。

平八郎は、田所たちが立ち止まったのを見て無造作に歩き出した。

六人の浪人たちが、平八郎に向かって走り出した。

平八郎は、歩調を変えずに進んだ。
浪人たちは、走りながら刀を抜き払った。
平八郎は進んだ。
浪人たちは、刀を煌めかせて平八郎に殺到した。
平八郎は、迫る浪人たちに抜き打ちの一刀を放った。
一人の浪人が、声もなく仰け反った。
平八郎は、返す刀で二人目の浪人を斬り棄てた。
二人の浪人が瞬時に斃《たお》れた。
浪人たちは、僅かに怯んだ。
残る浪人は四人……。
平八郎は、浪人たちに向かって無造作に進んだ。
浪人たちは後退りした。
平八郎は、間合いを詰めた。
浪人が鋭く斬り付けた。
刀が刃風を鳴らして煌めいた。
平八郎は、僅かに身体を捻って躱した。

着物の胸元が斬り裂かれた。

四人の浪人たちは息を合わせ、一斉に平八郎に斬り掛かった。

平八郎は斬り結んだ。

刃が咬《か》み合い、砂利《じゃり》が跳んだ。

平八郎と浪人たちは、怒号や気合いをあげず無言のまま斬り合った。

平八郎は、左肩に鋭い痛みを覚え、頰に熱い風を感じた。

鬢《びん》の解《ほつ》れ髪が斬り飛ばされた。

平八郎は、腰を沈めながら刀を真っ向から斬り下げた。

三人目の浪人が、額を斬り裂かれ愕然《がくぜん》とした面持ちで沈んだ。

鮮やかな一太刀だった。

残った三人の浪人は、後退りをして身を翻し、散り散りに逃げ去った。

用人の田所左内は、呆然と立ち竦《すく》んでいた。

平八郎は、田所を見据えた。

「小島家用人の田所左内だな……」

田所は我に返り、弾かれたように飛び退《の》いて逃げようとした。

刹那、闇から捕り縄が放たれ、田所の首に巻き付いた。

田所は、慌てて刀を抜き、捕り縄を断ち斬ろうとした。
捕り縄が強く引かれ、田所は大きく仰け反って倒れた。
伊佐吉が、捕り縄を引きながら暗がりから現れた。
「お、おのれ……」
田所は踠《もが》き、必死に立ち上がろうとした。
伊佐吉は、捕り縄を引いた。
田所は、無様に引き摺《ず》られた。
長次と亀吉が闇から現れ、引き摺られている田所に襲い掛かった。
長次は、田所の刀を握る腕を踏み付け、十手で殴り付けた。
田所は、悲鳴をあげた。
亀吉は、田所から刀を取り上げて蹴り飛ばした。
田所は、頭を抱えて転げ廻った。
長次と亀吉に容赦はなかった。
平八郎は見守った。
「亀……」
伊佐吉は、捕り縄を亀吉に預けて平八郎に駆け寄った。

「平八郎さん……」

「助かったよ」

「お役に立てて何よりです」

伊佐吉は笑った。

平八郎は、長次と亀吉が縛り上げた田所左内を土蔵に閉じ込めた。

伊佐吉と亀吉は、長次を残して引き上げた。

「おのれ、近習《きんじゅ》の今田甚内に続き、用人の田所左内が来るとは……」

本多忠兵衛は、老顔を震わせて怒りを露わにした。

「本多さま、御目付さまに訴え出ちゃあ如何ですか……」

長次は眉をひそめた。

「長次どの、それが出来れば苦労はない」

忠兵衛は吐息を洩らした。

「と、仰《おっしゃ》いますと……」

「長次さん、今度の一件、公儀に知れれば守屋家にお家騒動があるとなり、只《ただ》じゃあ済まないんですよ」

平八郎は教えた。

「左様、どのようなお咎めがあるか……」

忠兵衛は、深刻な面持ちで頷いた。

「お武家も面倒なものですね」

長次は頷いた。

「うん……」

「じゃあ、あの二人は……」

長次は、今田と田所の始末を尋ねた。

「右近さまが、無事に守屋家の家督をお継ぎになれば、解き放してくれる」

忠兵衛は苦笑した。

「いずれにしろ、勝負は守屋さまと右近さまの御対面される明日。我々は小島勇蔵を引き付け、右近さまが無事に守屋屋敷に入るのをお手伝いする迄です」

平八郎は告げた。

燭台の明かりは瞬《またた》き、緊張した面持ちで控えている宗助の顔を揺らした。

対面の刻限は、午の刻九つ（午後十二時）。

正装した平八郎は深編笠を被り、忠兵衛と宗助を従えて神田駿河台小川町にある守屋屋敷に向かった。

長次は、平八郎たちの背後に付き、尾行者の有無を警戒した。そして、伊佐吉と亀吉が、平八郎たちの前を進んで不審者の有無を確かめた。

一行は、辺りを警戒しながら本郷の通りを神田に進んだ。

昼間の本郷の通りは人通りが多く、襲撃者が現れる気配はなかった。

御落胤の右近は、平八郎が影武者として小島たちを引き付けている間に他の家来たちに護《まも》られて守屋屋敷に入る手筈だ。

平八郎たちは進んだ。


神田川は陽差しに煌めき、荷船が行き交っていた。

平八郎たちは、本郷の通りから神田川沿いの道に出た。そして、神田川沿いの道を西に進んで水道橋《すいどうばし》に差し掛かった。

橋は挟撃するのに適した処だ。

平八郎は、油断なく周囲を警戒した。

襲撃者が現れるか……。

しかし、露払いをしている伊佐吉や亀吉からは、何の報せもなかった。
平八郎たちは、何事もなく水道橋を渡って神田駿河台に入った。
駿河台には大名旗本の屋敷が甍を連ね、行き交う者も少なく静けさに覆われていた。
「どうにか無事に駿河台迄来ましたな」
忠兵衛は、安堵を滲ませた。
「ええ……」
平八郎は、深編笠の下から周囲を鋭く見廻しながら頷いた。
不審な者の姿は見えなかった。
平八郎たちは、武家屋敷街を進んだ。
裏神保小路《うらじんぼう》の辻を抜けると、一ツ橋《ひとつばし》通り小川丁になる。
守屋屋敷は近い。
平八郎たちは進んだ。
襲撃者は現れないのかもしれない……。
平八郎は、微《かす》かに気を緩《ゆる》めた。

「守屋屋敷は、この先の三番火除地《ひよけち》の傍にあります」

忠兵衛は、無事に着く喜びを浮かべた。

「火除地ですか……」

平八郎は眉をひそめた。

火除地とは、火事の延焼を避ける為に設《もう》けられた空地であり、内堀に架かる一ツ橋御門の前に一番から三番迄あった。その三番火除地の傍に守屋屋敷はあるのだ。

火除地だ……。

小島勇蔵が、最後に仕掛けて来るのは三番火除地だ。

平八郎は睨んだ。

亀吉が、行く手から駆け寄って来た。

「火除地か……」

「はい。三番火除地に妙な侍たちがいます」

亀吉は、平八郎が知っているのに戸惑いながら告げた。

伊佐吉は妙な侍の見張りに残り、亀吉を報せに走らせたのだ。

「やっぱりな……」

平八郎は頷いた。

宗助は、緊張を過らせた。

「本多さま、聞いての通りです」

平八郎は告げた。

「おのれ小島勇蔵、何処迄も執念《しゅうねん》深いのだ」

忠兵衛は吐き棄てた。

「本多さま。我らは囮《おとり》、最後迄小島を引き付けられれば上首尾ではありませんか」

平八郎は笑った。

「うむ。ま、それはそうだが……」

忠兵衛は、不服げに白髪眉をひそめて頷いた。

「さあて、では行きますか……」

平八郎は、守屋屋敷に向かった。

忠兵衛と宗助、亀吉が続いた。

三番火除地が見えた。

守屋屋敷はその斜向かいにあった。

伊佐吉が待っていた。

「伊佐吉の親分……」

平八郎は近寄った。

「相手は三人。下谷町の剣術道場の奴らのようですぜ」

伊佐吉は報せた。

「そうか……」

「昨夜の仕返しですかね」

伊佐吉は睨んだ。

「かもしれない。ま、俺が相手をする。親分は、本多さまと宗助を守屋屋敷にお連れしてくれ」

「承知。いいな、亀吉……」

「はい」

平八郎たちは、守屋屋敷に進んだ。

横手の火除地から中年の男が現れた。

中年の男は、総髪に裁着袴《たっつけ》の剣客風だった。

剣術道場の主……。

平八郎は読んだ。

「昨夜は弟子たちが世話になったようだな」

中年の男は、平八郎を睨み付けた。

やはり剣術道場の主だった……。

「礼には及ばぬ」

平八郎は苦笑した。

「いいや。そうは参らぬ……」

道場主は、静かに刀を抜き払った。

「小島勇蔵に頼まれての事なら、最早無駄な事だ」

平八郎は笑った。

「何……」

道場主は、微かな戸惑いを過らせた。

「私は影武者。御落胤の右近さまは、お前たちが私を狙っている内に屋敷に入られた」

平八郎は、笑顔で告げた。

「何だと……」

道場主は、思わず狼狽えた。

刹那、平八郎は狼狽えた道場主の隙を衝き、鋭い一刀を放った。

道場主は、よろめきながら辛うじて躱した。

平八郎は、猛然と斬り立てた。

道場主は、体勢を立て直す暇を与えられず、後退りをするしかなかった。

二人の弟子は、慌てて道場主に加勢しようとした。

「本多さま、宗助さん……」

伊佐吉と亀吉は、忠兵衛と宗助を促して守屋屋敷に走った。

忠兵衛は、守屋屋敷の潜り戸を叩いた。

「開けろ。本多忠兵衛だ。開けろ」

忠兵衛は怒鳴《どな》り、潜り戸を叩き続けた。

「聞こえぬか。儂《わし》だ。本多忠兵衛だ。早々に開けい」

忠兵衛は、白髪眉を吊り上げて白髪頭を振り立てた。

潜り戸が開けられた。

「遅い」

忠兵衛は苛立たしげに中間たちを一喝し、宗助を連れて屋敷内に駆け込んだ。

伊佐吉と亀吉は、火除地の平八郎たちを振り返った。

平八郎は、道場主を鋭く斬り立てた。

道場主は、二人の弟子と必死に応戦した。

次の瞬間、平八郎は身を翻して守屋屋敷に向かって走り出した。

道場主と二人の弟子は困惑した。

平八郎は、火除地を駆け抜けた。そして、待っていた伊佐吉や亀吉と守屋屋敷の潜り戸を潜った。

「閉めろ」

忠兵衛が、中間たちに命じた。

中間たちは、素早く潜り戸を閉めた。

平八郎は息を整えた。

表門の傍には、家来たちが集まっていた。

「右近さまのお命を狙う慮外者《りよがいもの》共がいる。皆の者、油断せずに警戒致せ」

忠兵衛は、家来たちに厳しく命じた。

「御苦労でござった……」

忠兵衛は、平八郎、伊佐吉、亀吉を侍長屋の空き部屋に通し、小者に茶を運ばせた。

「此処で暫《しばら》くお待ち下され」

「本多さま、右近さまは……」

平八郎は尋ねた。

「うむ。平八郎どのや伊佐吉の親分たちのお陰で無事に御到着されたぞ」

忠兵衛は、白髪眉を下げて老顔を綻《ほころ》ばせた。

「そりゃあ良かった」

平八郎は安堵した。

午の刻九つ、対面の刻限になった。

守屋屋敷の主、采女正の寝間に親類の主立った者が集まった。主立った者の末席には、小島勇蔵もいた。

采女正は、卒中で倒れた後遺症で半分利《き》かなくなった身を起こし、近習たちに支えられていた。

正装した右近が、本多忠兵衛に誘われて采女正の前に進み出て平伏した。

「面をあげい……」

采女正は、廻らぬ口で告げた。

「はい……」

右近は、顔を上げて采女正を見つめた。

「おお……」

親類の主立った者は騒《ざわ》めき、小島勇蔵は口惜《くや》しげに顔を歪めた。

右近の顔は、采女正の顔に良く似ていた。

「う、右近か……」

采女正は涙を零《こぼ》した。

「はい。右近にございます」

「近《ちこ》う。近う寄れ……」

右近は、僅かに膝を進めた。

「構わぬ。父子に何の遠慮がいるものか。さあ、近う寄るが良い」

采女正は、顔を歪めて泣いた。

「父上……」

右近の声に涙が滲んだ。

采女正は、右近を我が子と認めた。

忠兵衛は、主立った親類の末席にいる小島勇蔵を厳しく睨み付けた。

小島は、忠兵衛の視線を避けるかのように顔を背《そむ》けた。

小島の守屋家乗っ取りの企ては、脆《もろ》くも崩れ去った。

忠兵衛は、勝ち誇ったように白髪頭を反らした。

対面は終わった。


忠兵衛は、平八郎、伊佐吉、亀吉、そして後から来た長次に祝いの膳を出し、酒を注いで廻った。

「何はともあれ、右近さまの御対面は上々の首尾。それもこれも平八郎どのたち皆のお陰。ま、一緒に祝って下され」

「はい。おめでとうございます」

平八郎、伊佐吉、長次、亀吉は、盃《さかずき》に満たされた酒を飲んだ。

一仕事を終えた満足感もあり、酒と料理は美味かった。

「それで本多さま。右近さまとはどのような方ですか……」

平八郎は酒をすすった。

「御免……」

侍長屋の戸が開けられ、正装した宗助が角樽を持った侍と入って来た。

平八郎は眼を丸くした。

「あれ。どうしたんだい宗助さん。立派な形《なり》をしちゃって……」

亀吉は、親しげな口を利いた。

「まさか……」

伊佐吉と長次は、思わず顔を見合わせた。

「左様。我が殿御落胤の右近さま。何《いず》れはこの守屋家の主、殿さまだ」

忠兵衛は、平八郎、伊佐吉、長次、亀吉に改めて右近を紹介した。

平八郎、伊佐吉、長次、亀吉は驚いた。

下男の宗助が、御落胤の右近だったのだ。

「騙《だま》して申し訳ありませんでした」

宗助こと右近は、平八郎たちに頭を下げて詫びた。

御落胤の右近に戻っても、素直でしっかり者の宗助に変わりはなかった。

「そうだったのか。うん。今にして思えば、いろいろ思い当たる節もある」

平八郎は、宗助を心配する忠兵衛を思い出して苦笑した。

「皆さんのお陰で無事に父と逢うことが叶いました。いろいろ忝のうございました」

右近は礼を述べた。

「いえ。御対面が無事に終わって重畳《ちょうじょう》。おめでとうございます」

平八郎たちは祝った。

平八郎は、本多忠兵衛と共に小石川『総玄寺』に戻り、捕らえておいた今田甚内と田所左内を小島屋敷に帰した。

『今後、守屋家への余計な手出しは一切無用。もし手出しをした時には、小島家はお家断絶すると覚悟しろ』と書いた手紙を持たせて……。

一日一朱で三日の勤め、都合三朱の給金だ。

「それでは平八郎どの、約束の給金だ」

忠兵衛は、平八郎に紙に包んだ三朱を渡した。

命を懸けて斬り合った事は、三朱の価値しかないのだ。

平八郎は、物悲しさを覚えずにはいられなかった。

そいつが素浪人稼業だ……。

平八郎は苦笑した。

「それから平八郎どの、これは拙者からの礼の印だ」

忠兵衛は、平八郎に紙包みを握らせた。

紙包みは小判の重さがした。

「本当に世話になった。この通りだ」

忠兵衛は、白髪頭を深々と下げた。

「いえ。お役に立てて何よりです。では、これにて御免……」

平八郎は、忠兵衛と別れた。

忠兵衛は、白髪頭をいつ迄も下げていた。

平八郎は、本郷の通りを神田川に向かった。

神田川の流れは煌めいていた。

影武者の仕事は終わった……。

その夜、平八郎は居酒屋『花や』に伊佐吉、長次、亀吉、丈吉を招き、酒を振る舞って楽しく盛り上がった。

第二話　悪餓鬼《わるがき》

一

地蔵尊は、陽差しに頭を光り輝かせていた。

明神下お地蔵長屋の木戸にある地蔵は、長い年月を風雨に晒《さら》されて目鼻を消し掛けていた。

長屋の住人たちは、出掛ける時に己の身の無事を願って地蔵に手を合わせ、その頭を撫《な》でた。

地蔵の頭は、滑《なめ》らかになって光り輝いた。

お地蔵長屋の井戸端は、おかみさんたちの洗濯とお喋《しゃべ》りも終わって漸《ようや》く静かになった。

浪人の矢吹平八郎は、己の家を出て大きな欠伸《あくび》をして木戸に向かった。そして、木戸の地蔵に手を合わせ、その光り輝く頭を撫でて長屋を出た。

神田川に架かる昌平橋《しょうへいばし》から不忍池に続く明神下の通りは、様々な人たちが行き交っていた。

平八郎は、長屋のある裏通りから明神下の通りに出て佇《たたず》んだ。

今頃、口入屋の万吉の処に行っても仕事がある筈はない。

さあて、朝飯でも食うか……。

平八郎は、二日酔いで重い頭を廻した。

前夜、平八郎は剣術道場『撃剣館』で修行仲間と楽しく酒を飲んだ。

飲んだと云うより飲み過ぎた……。

平八郎は、自己嫌悪に陥《おちい》り、深々と吐息を洩らした。

「お侍、こいつを頼んだ」

派手な半纏《はんてん》を着た遊び人が、平八郎に菓子箱程の大きさの風呂敷包みを渡し、不忍池に向かって駆け去った。

一瞬の出来事だった。

「お、おい。待て……」

平八郎は戸惑った。

「退《ど》け……」

三人の羽織袴の武士が、怒鳴りながら駆け寄って来た。

平八郎は慌てて退《ど》けた。

三人の羽織袴の武士は、派手な半纏の遊び人を追って駆け去った。

「何だ……」

平八郎は、戸惑いながら渡された風呂敷包みの重さを量った。

風呂敷包みはずっしりと重かった。

まあ、良い。取り敢えず朝飯だ……。

平八郎は、風呂敷包みを持って神田明神門前の外れにある一膳飯屋に向かった。

味噌汁《みそしる》を掛けた丼飯は美味かった。

平八郎は、丼飯に味噌汁を掛けて朝飯を済ませた。そして、微温《ぬる》くなった茶をすすり、派手な半纏を着た遊び人から渡された風呂敷包みを検《あらた》めた。

風呂敷包みは、菓子箱程の大きさでずっしりとした重さであり、臭いや音はしなかった。

何が入っているのか……。

幾ら勝手に預けていった物とは云え、風呂敷を解いて中を開けてみる訳にはいかない。

面倒な物を預かってしまった……。

平八郎は眉をひそめた。

「邪魔しますよ」

行商の小間物屋が、強張《こわば》った面持ちで入って来た。

「おう。いらっしゃい」

一膳飯屋の亭主が迎えた。

「親父さん、水を一杯頼みますよ」

小間物屋は、担いでいた荷物を降ろしながら注文した。

「水……」

亭主は、戸惑いながらも湯呑茶碗に水を汲《く》んで渡した。

小間物屋は、喉を鳴らして水を飲み干した。

「どうかしたのかい……」

亭主は眉をひそめた。

「そいつが、不忍池の畔で人殺しがあってね」

小間物屋は、微かに身震いした。

「人殺し……」

「ええ。派手な半纏を着た奴が、膾《なます》のように滅多斬りにされ、血が不忍池に流れて、そりゃあ酷いものでしたよ」

小間物屋は、恐ろしそうに眉を歪めた。

派手な半纏を着た奴……。

平八郎は、思わず手にしていた風呂敷包みを見つめた。

あいつなのか……。

平八郎は、自分に風呂敷包みを渡して不忍池に駆け去った男を思い出した。

「親父、飯代だ」

平八郎は飯代を払い、風呂敷包みを抱えて一膳飯屋を出た。


不忍池には水鳥が遊び、飛び散る水飛沫が煌《きら》めいていた。

平八郎は、不忍池の畔を進んだ。

行く手に野次馬が集まっていた。

平八郎は、野次馬の背後から背伸びをして覗《のぞ》いた。

筵《むしろ》を掛けられた死体があり、傍に南町奉行所定町廻り同心高村源吾《たかむらげんご》と駒形の伊佐吉がいた。

死体は、平八郎に風呂敷包みを預けて行った男なのかもしれない。

確かめなければ……。

「済まぬ。ちょいと通してくれ」

平八郎は、野次馬を掻き分けて前に進んだ。

「駄目ですぜ、お侍さん」

野次馬を押し止めていた木戸番が、眉をひそめて平八郎を咎めた。

「高村さん、伊佐吉親分……」

平八郎は、高村源吾と伊佐吉の名を呼んだ。

高村と伊佐吉は振り向き、平八郎に気が付いた。

「私です」

平八郎は手をあげた。

高村は、小さな笑みを浮かべた。

「やあ、どうしました」

伊佐吉は、平八郎に近寄った。

「実は、仏さん、ちょいとした知り合いかもしれないんだ」

平八郎は囁《ささや》いた。

「本当ですかい」

伊佐吉は眉をひそめた。

「うん。顔、見せて貰えるかな」

「ええ……」

伊佐吉は、木戸番に目配せをした。

木戸番は頷いた。

平八郎は、伊佐吉と共に高村のいる死体の傍にしゃがみ込んだ。

「旦那。仏、平八郎さんの知り合いかもしれねえそうです」

伊佐吉は、高村に告げた。

「そいつは助かる。ま、面を拝んでやってくれ」

高村は筵を捲《めく》った。

筵の下の死体の顔は、無残に斬られて血に塗《まみ》れていた。

「滅多斬りだよ。酷《ひで》えもんだ」

高村は呆れた。

「ええ……」

平八郎は、眉をひそめながら死体の顔を見据えた。

死体の顔は、平八郎に風呂敷包みを預けた男に間違いなかった。

「どうですか……」

「念の為、着物も見せてくれないか……」

「ええ……」

伊佐吉は、筵を引き下げた。

平八郎は、血に塗れた派手な半纏の図柄に見覚えがあった。

「間違いない……」

平八郎は頷《うなず》いた。

「やっぱり知り合いですか……」

「ああ……」

「何処の誰ですかい」

伊佐吉は、身を乗り出した。

「そいつが、知り合いと云えば知り合いなのだが、半刻程前に逢ったばかりで、何処の誰かは……」

平八郎は首を捻った。

「半刻前に逢ったばかり……」

伊佐吉は眉をひそめた。

「ああ。明神下の通りで、いきなり私にこれを預けて……」

平八郎は、風呂敷包みを見せた。

「不忍池の方に逃げて行った」

「逃げたってのは……」

高村は眉をひそめた。

「すぐに三人の羽織袴の武士が追って行きましてね」

平八郎は告げた。

「三人の羽織袴の武士、浅葱裏《あさぎうら》かい」

高村は尋ねた。

浅葱裏とは、大名家の家来に羽織の裏地に浅葱木綿を使っている者が多く、田舎から来た大名家の家来を意味していた。

「いえ。ありゃあ浅葱裏じゃありませんね」

平八郎は睨んだ。

「じゃあ、旗本家の者か……」

「きっと……」

平八郎は頷いた。

「って事は、仏を膾にしたのは、そいつらですか……」

伊佐吉は睨んだ。

「うん。間違いあるまい……」

「とにかく、仏は三人の羽織袴の侍に追われ、居合わせた平八郎の旦那に風呂敷包みを預けて逃げたって訳か……」

高村は読んだ。

「そうなります」

「で、風呂敷包みには、何が入っているんだ」

「そいつは未だです」

「よし。ちょいと付き合ってくれ」

高村は、不忍池の畔にある茶店を示した。

「ごゆっくり……」

茶店の小女は、高村、平八郎、伊佐吉に茶を差し出して座敷を出て行った。

「よし。伊佐吉、風呂敷包みを開けてみな」

高村は茶をすすった。

「はい……」

伊佐吉は、風呂敷包みを解いた。

平八郎と高村は覗き込んだ。

風呂敷から桐箱が出て来た。

伊佐吉は、桐箱の蓋《ふた》を取った。

桐箱には、切り餅が整然と並べられていた。

「こいつは……」

「金か……」

高村は苦笑した。

「やっぱり……」

平八郎は、密かな睨みが当たっていたのを知った。

「ざっと三百両ですね」

伊佐吉は、金額を読んだ。

「仏は、この金を巡って羽織袴の野郎共に斬り刻まれた。ま、そんな処だな」

「はい……」

「よし。伊佐吉、仏の身許と三人の羽織袴の武士だ」

「承知しました」

伊佐吉は頷いた。

「平八郎の旦那……」

「はい」

「今、何の仕事をしているんだい」

「そいつが、溢《あぶ》れていましてね……」

平八郎は苦笑した。

「そいつはいい……」

高村は笑った。

「冗談じゃありませんよ」

「仏、ひょっとしたらこの金をお前さんに預けたと、死ぬ前に云ったかもしれねえ。だとしたら羽織袴の野郎共は……」

高村は薄笑いを浮かべた。

「私を狙って来ますか……」

平八郎の眼が鋭く輝いた。

「かもしれねえって話だ。そこでだ、暫《しばら》くの間、口入屋の仕事をしねえで、狙われてみちゃあくれないかな」

「囮ですか……」

「まあな。勿論、只《ただ》とは云わねえ。無事に一件が落着すりゃあ、それなりの礼金は弾むぜ。どうかな……」

高村は、平八郎の顔を覗き込んだ。

「分かりました。やりましょう……」

平八郎は、苦笑しながら頷いた。

「ありがてえ。じゃあ、先《ま》ずはこいつで派手にやって、得体の知れねえ遊び人から金を預かったと、言い触らしてくれ」

高村は、平八郎に一両小判を差し出した。

「そして、羽織袴の奴らを誘《おび》き出しますか……」

平八郎は、不敵な笑みを浮かべた。

不忍池で遊ぶ水鳥の鳴き声が、甲高く響き渡った。

一件には、旗本家が絡んでいるかもしれない……。

高村は、南町奉行所吟味方与力の結城《ゆうき》半蔵《はんぞう》に事の次第を報せ、妙な噂のある旗本はいないか尋ねた。

結城半蔵は、探ってみると約束した。

伊佐吉、長次、亀吉は、仏と三人の羽織袴の武士の身許と足取りを追った。

長次は、聞き込みを続け、その範囲を広げていった。

昌平橋の袂《たもと》で店を開いていた行商の鋳掛屋《いかけや》が、仏らしき派手な半纏を着た男を見掛けていた。

「派手な半纏を着た男ねえ……」

長次は眉をひそめた。

「ええ。船着場から上がって来ましてね。ありゃあ遊び人ですぜ」

鋳掛屋は、鍋の底を陽に翳《かざ》しながら告げた。

「船着場から上がって来た……」

長次は、船着場を見下ろした。

船着場に船は繋がれていなく、誰もいなかった。

「その遊び人、船着場で何をしていたのかな」

長次は首を捻った。

「何って、水道橋の方から猪牙《ちょき》で来たんですよ」

「水道橋の方から……」

水道橋は、昌平橋より上流に架かっている橋だ。

「ええ。菓子箱位の大きさの風呂敷を抱えましてね……」

鋳掛屋は鞴《ふいご》で火を熾《おこ》した。

火花が飛び散った。

「で、遊び人、どっちに行ったんだい」

「明神下の通りに走って行きましたぜ」

「明神下の通りか……」

「それで、羽織袴のお侍が三人、やっぱり猪牙で来て血相を変えて追って行きましたよ」

鋳掛屋は、鍋の底の修理を始めた。

そいつだ……。

長次は、鋳掛屋の見た遊び人が殺された仏であり、三人の侍の仕業《しわざ》だと睨んだ。

「そうか。いや、良い事を聞かせて貰ったぜ。こいつで一杯やってくんな」

長次は、鋳掛屋に小粒を握らせた。

神田川の上流で何かがあり、遊び人は三人の侍に追われ、猪牙舟で昌平橋の船着場に逃げて来た……。

長次は、水道橋に向かった。

殺された遊び人の身許は割れなかった。

伊佐吉と亀吉は、遊び人の持ち物を仔細に調べた。

使い古した手拭《てぬぐい》、一分金が二枚と文銭が幾つか入った巾着、匕首《あいくち》、賽子《さいころ》が二個……。

どの品物にも名前は書き記されてはいなく、遊び人の身許を教える物はなかった。

「やっぱり分かりませんねえ……」

亀吉は眉をひそめた。

「うむ……」

伊佐吉は、使い古した手拭を広げた。

使い古した手拭には、梅の花が描かれ『梅乃家《うめのや》』と記されていた。

「梅乃家か……」

伊佐吉は呟いた。

「料理屋かなんかが、御贔屓《ごひいき》に配る手拭ですかね……」

「きっとな。屋号が梅乃家となると、この辺りじゃあ湯島天神界隈《ゆしまてんじんかいわい》にある店なのかもしれないな」

伊佐吉は読んだ。

「はい……」

亀吉は頷いた。

「よし。湯島天神の近くから、梅乃家を探してみるぜ」

「合点です」

伊佐吉と亀吉は、湯島天神に急いだ。

神田川に架かる水道橋からは、上流に小石川御門、下流に御茶之水《おちゃのみず》の上水樋《じょうすいひ》と微かに昌平橋が見えた。

長次は、水道橋の上に佇んで周囲を見廻した。

神田川には荷船が行き交い、両岸には本郷と駿河台の武家屋敷街が広がっていた。

変わった事はない……。

遊び人と羽織袴の侍たちの間に何かあったのは、水道橋ではないのかもしれない。

長次は、神田川の上流を窺った。

神田川の上流には、小石川御門、江戸川との合流地、牛込御門、市ヶ谷御門と続いている。

その何処かで、遊び人と羽織袴の侍たちの間に何かがあった。その結果、遊び人は追われ、猪牙舟で昌平橋に逃れたのだ。

その何かには、三百両もの大金が絡んでいる……。

長次は、思いを巡らせた。

神田明神門前町の盛り場は、夜の賑わいに備えて仕度に忙しかった。

居酒屋『花や』の表も掃《は》き清められ、戸口には盛り塩がされていた。

平八郎は、未だ暖簾の出されていない戸を開けた。

「未だなんですよ」

女将のおりんが、開店の仕度をしながら振り返った。

「やあ……」

平八郎は笑った。

「あら、久し振りですね」

「うん。いいかな……」

「どうぞ……」

おりんは苦笑した。

「邪魔をする」

平八郎は、帳場に近い席に座った。

「随分早いけど、どうしたの……」

「うん。実はな……」

「おう。いらっしゃい」

おりんの父親で板前の貞吉《さだきち》が、板場から酒の入った湯呑茶碗を持って出て来た。

「丁度良かった。親父さんにも聞いて貰おう」

「なんだい……」

貞吉は、酒の入った湯呑茶碗を平八郎に勧めた。

「忝《かたじけ》ない。実は……」

平八郎は、自分に大金を預けて殺された遊び人の事を話した。そして、遊び人から大金を預かった事を言い触らし、下手人と思われる羽織袴の武士を誘き出す企てを告げた。

「大丈夫なの。そんな真似《まね》をして……」

おりんは、心配げに眉をひそめた。

「心配無用だ。だから、親父さんもおりんもそのつもりで頼む」

平八郎は、湯呑茶碗の酒を飲んだ。

喉が美味そうに鳴った。

二

日が暮れ、夜の賑わいが始まった。

神田明神門前町の盛り場には、酒の匂いと酔客の笑い声が溢《あふ》れた。

居酒屋『花や』は、客で賑わった。

平八郎は、顔見知りの客たちと楽しげに酒を飲み、通り縋《すが》りの遊び人が自分に金を預けて殺されたと、声を潜めて囁いた。

顔見知りの客たちは、驚き、怯え、顔を見合わせて囁き合った。

囁きは広がり、やがては遊び人殺しに拘《かか》わる者の耳に入る……。

平八郎は、辺りの客に気を配りながら酒を飲み続けた。

湯島天神脇の料理屋『梅乃家』は、建仁寺垣《けんにんじがき》で囲まれた小体な店だった。

伊佐吉と亀吉は、湯島天神界隈に『梅乃家』を探し廻って漸く辿り着いた。

料理屋『梅乃家』は、馴染《なじみ》客や紹介客だけを相手にしている隠れ家的な店だった。

「仏のような遊び人が来るような店じゃありませんね」

亀吉は眉をひそめた。

「ああ。だが、今は当たってみるしかねえ」

伊佐吉は、『梅乃家』の暖簾を潜った。

店には、三味線の爪弾きが洩れていた。

伊佐吉は、女将のおとせに殺された遊び人が持っていた使い古した手拭を見せた。

おとせは、使い古した手拭を検めた。

「確かに手前共が一昨年、御贔屓さまにお配りした物にございますが……」

おとせは頷いた。

使い古した手拭の出所は分かった。

「この手拭、派手な半纏を着ている遊び人が持っていたんだが、遊び人が誰か心当りはないかな」

「派手な半纏を着た遊び人ですか……」

おとせは眉をひそめた。

「ええ。歳の頃は三十歳前後なんだがね……」

伊佐吉は告げた。

「さあ、私に心当りはありませんが。ちょいとお待ち下さい。店の者に聞いてみます」

おとせは、居間から出て行った。

「親分、難しそうですね」

亀吉は囁いた。

「うん……」

伊佐吉は、冷たくなった茶をすすった。

僅かな刻が過ぎた。

「お待たせ致しました」

おとせが戻って来た。

「何か分かったかい……」

「はい。板前の親方が、派手な半纏を着た遊び人は、去年まで板場の煮方をしていた清六《せいろく》じゃあないかと申しております」

「煮方の清六……」

「はい。清六、料理の腕は良かったんですがね。何分にも博奕《ばくち》好きでして、借金取りが店に迄来るようになり、それで辞めて貰ったんですよ」

おとせは吐息を洩らした。

料理屋『梅乃家』の板前なら、店の手拭を持っていても不思議はない。

「親分、そう云えば賽子を持っていましたね」

「ああ。で、清六、何処に住んでいるのか分かるかな……」

「噂じゃあ、浅草今戸《いまど》の長屋だとか……」

「長屋の名は……」

「さあ、そこ迄は……」

おとせは、首を横に振った。

殺された遊び人は、浅草今戸の長屋に住んでいる元板前の清六なのかもしれない。

そこ迄分かれば何とかなる……。

「いや、女将さん、助かったぜ……」

伊佐吉は、おとせに礼を云った。

「親分さん。清六が何か……」

おとせは、心配げに眉をひそめた。

「いや。たとえ悪事を働いていても、梅乃家には拘わりのない事だよ。心配は無用だぜ」

伊佐吉は、おとせを安心させ、亀吉を従えて居間を出た。

料理屋『梅乃家』は静かであり、三味線の音だけが聞こえた。

伊佐吉と亀吉は、女将のおとせに見送られて料理屋『梅乃家』を出た。

「元板前の清六か……」

不忍池の畔で殺された遊び人は、おそらく元板前の清六に違いない。

「それにしても浅草今戸とはな……」

伊佐吉は苦笑した。

「眼と鼻の先だったとは、驚きましたね」

「ああ……」

伊佐吉は、浅草駒形堂傍の鰻《うなぎ》屋『駒形鰻』の若旦那であり、今戸は浅草広小路を挟んだ向こうにあった。

「で、どうします」

「今戸には明日一番に行こう。今夜は平八郎さんの処だ……」

「はい」

亀吉は、思わず笑みを浮かべて頷いた。

伊佐吉は苦笑し、湯島天神門前町の盛り場に向かった。

亀吉は続いた。

夜の湯島天神の境内は、石灯籠《いしどうろう》の明かりが点在するだけで不気味な程に静かだった。

居酒屋『花や』は賑わい、おりんは忙しく客の相手をしていた。

伊佐吉と亀吉が訪れた時、平八郎は既に帰った後だった。

「早いな……」

伊佐吉は戸惑った。

「ここじゃあ顔見知りが多く、妙なのがいないから他に行くって……」

おりんは苦笑した。

居酒屋『花や』の客は、職人やお店者などの真っ当な者が多い。

平八郎は、遊び人や博奕打ちたちが屯《たむろ》する飲み屋に行ったのだ。

「そうか……」

伊佐吉は眉をひそめた。

「ええ。親分、大丈夫かしら平八郎さん、大金を預かったなんて言い触らして……」

おりんは心配した。

「平八郎さんに限って心配はねえさ」

伊佐吉は、おりんの心配を一笑に付した。

「それならいいけど……」

おりんの心配は消えなかった。

「ま、俺たちも妙な客の集まる店に行ってみるよ」

「お願いします親分。本当に平八郎さん、人が良いから何でも引き受けちゃって……」

おりんの心配は不満になり、やがて怒りに変わる。

長居は無用だ……。

伊佐吉は苦笑した。

「じゃあ女将さん、あっしたちはこれで……」

伊佐吉は、亀吉を従えて居酒屋『花や』を後にした。

伊佐吉と亀吉は、居酒屋『花や』の表に佇んだ。

「さあて、何処に行ったのか……」

伊佐吉は、辺りを見廻した。

「博奕打ちや遊び人が屯している店と云えば、湯島天神の海老屋《えびや》ですかね」

亀吉は眉をひそめ、酔客の行き交う盛り場の一方を眺めた。

「湯島天神の海老屋か、ちょいと覗いてみるか……」

伊佐吉は、亀吉を促して盛り場の一方に向かった。

飲み屋『海老屋』は、表も満足に掃除をしていない店であり、亭主は博奕打ちあがりだった。

客は遊び人、博奕打ち、食詰め浪人などが多く、刃傷沙汰《にんじようざた》や強請《ゆすり》の舞台になる事も多かった。

平八郎は、居合わせた遊び人や浪人に酒を振る舞い、大金を預かった事を賑やかに囁いていた。

「此処だけの話だがな……」

慣れてきた平八郎は、話を面白可笑《おか》しく膨らまして囁き廻った。

飲み屋『海老屋』から、平八郎の馬鹿笑いが洩れていた。

「親分……」

亀吉は、馬鹿笑いが平八郎だと気付いた。

「ああ。派手に触れ廻っているようだ……」

伊佐吉は苦笑した。

二人の浪人が、『海老屋』から出て来た。

伊佐吉と亀吉は、素早く路地に隠れた。

二人の浪人は、嘲笑を浮かべて斜向かいの路地に潜んだ。

「何か企んでいるんですかね」

亀吉は眉をひそめた。

「ああ。ひょっとしたらひょっとするぜ」

伊佐吉は、二人の浪人の潜んだ路地を厳しい面持ちで見据えた。

僅かな刻が過ぎ、平八郎が『海老屋』から出て来た。

平八郎は、鼻歌混じりに中坂《なかさか》に向かった。

酔った足取りだった。

二人の浪人が路地から現れ、酔った足取りで行く平八郎を追った。

「行くぜ」

伊佐吉は、亀吉を促した。

「はい……」

亀吉は、喉を鳴らして伊佐吉に続いた。

中坂は明神下の通りに続いている。

平八郎は、酔った足取りで坂道を下った。

二人の浪人は、平八郎を尾行した。

伊佐吉と亀吉は、暗がり伝いに追った。

「奴ら、清六を殺した羽織袴の侍の仲間ですかね」

亀吉は囁いた。

「そいつは早過ぎるぜ」

「じゃあ……」

「金が目当ての食詰め野郎かもな……」

伊佐吉は笑った。

平八郎は、左右に大きくよろめきながら路地に入った。

二人の浪人は、追って路地に入った。

次の瞬間、二人の浪人が弾き飛ばされたように中坂に倒れ込んだ。そして、平八郎が路地から現れた。

「お前たち、誰かに頼まれての尾行か……」

平八郎は、嘲りを滲ませた眼で二人の浪人を睨み付けた。

「ち、違う……」

二人の浪人は、怯えを滲ませて後退りした。

「辻強盗の真似をするなら、相手を見てやるんだな」

平八郎は、腰を僅かに捻った。

刃風が短く鳴り、二人の浪人の眼前を閃きが走った。

二人の浪人は大きく仰け反り、坂道を転げるように逃げた。

「何処に行くのか見届けます」

亀吉は、暗がり伝いに二人の浪人を追った。

平八郎は、よろめきながら再び中坂を下り始めた。

伊佐吉は、二人の浪人の他に後を尾行《つけ》る者がいないか見定めながら追った。

二人の浪人を追い、暗がりを駆け抜けて行ったのは亀吉……。

平八郎は小さく笑った。

伊佐吉は、俺を尾行する者の素性《すじよう》と行き先を突き止めようとしている……。

平八郎は、背後の闇に伊佐吉の気配を感じながら明神下の通りに出た。

伊佐吉は続いた。

平八郎を追う者は現れなかった。

伊佐吉は、平八郎との距離を充分に取って追った。

お地蔵長屋は寝静まっていた。

平八郎は、木戸のお地蔵に手を合わせながら背後の闇を窺《うかが》った。

殺気や不審な気配はない……。

平八郎は、そう見定めて己の家の腰高障子を開けた。

行燈《あんどん》に灯された火は瞬《またた》いた。

平八郎は付木の火を消し、喉を鳴らして水を飲んだ。

行燈の火は落ち着き、部屋の中を仄《ほの》かに照らした。

腰高障子が小さく叩かれた。

「開いているよ」

平八郎は小声で応じた。

伊佐吉は、腰高障子の軋《きし》みを押さえながら開け、素早く入り込んだ。

「尾行て来る奴はいなかったか……」

平八郎は尋ねた。

「あの浪人共の他にはね……」

伊佐吉は頷いた。

「あれは金目当ての食詰め浪人だ」

「ええ。亀吉が見定めて来ますがね」

「うん……」

平八郎は苦笑した。

「で、殺された遊び人ですが、どうやら清六って板前崩れの博奕打ちでしたぜ」

伊佐吉は告げた。

「板前崩れの清六……」

平八郎は眉をひそめた。

「住まいは浅草今戸だとか。明日、確かめてみますよ」

「清六の身辺で何があったかだな」

「ええ。平八郎さん、狙ってくるのは羽織袴の侍だけじゃあなく、清六の仲間もいるかもしれませんぜ」

伊佐吉は読んだ。

「ああ。覚悟の上だ……」

平八郎は、不敵な笑みを浮かべた。

行燈の油が切れ掛かったのか、炎は小さな音を鳴らして揺れた。


朝の南町奉行所同心詰所は、探索や見廻りに行く同心たちが忙しく出入りしていた。

高村源吾は、吟味方与力の結城半蔵に呼ばれて用部屋に赴いた。

用部屋に吹き抜ける微風は心地良かった。

「お呼びですか……」

「うむ。昨日の話だが、妙な噂のある旗本家があった」

結城半蔵は眉をひそめた。

「妙な噂ですか……」

「左様。十六歳になる嫡男が神隠しに遭って消えたと云う噂だ」

半蔵は、厳しい面持ちで告げた。

「神隠し……」

高村は戸惑った。

「湯島の学問所に行った切り、姿を消したそうでな。家中の者共が心当りを捜したが、何処にもいなくて五日が過ぎ、神隠しの噂が立ち始めたらしい……」

「拐《かどわ》かしかもしれませんね」

高村は睨んだ。

「あり得るな」

半蔵は頷いた。

「で、結城さま。その旗本とは……」

「神楽坂に屋敷のある倉田兵部《くらたひょうぶ》どの、八百石取りの小普請でな。行方《ゆくえ》知れずになった嫡男の名は久馬《きゅうま》だ」

「神楽坂の旗本倉田家の久馬さまですか……」

高村の眼が微かに輝いた。

「うむ。仔細は一之進《いちのしん》に聞くが良い」

「一之進どのに……」

一之進とは、結城半蔵の嫡男であり、湯島の学問所に通っていた。

「左様。倉田久馬神隠しの噂は、同じ学問所に通っている一之進が聞いて来た話だ」

「左様でしたか……」

「うむ。それで一之進は、間もなくその方に逢いに来る手筈だ……」

半蔵の手配りに抜かりはなかった。

「忝のうございます」

高村は頭を下げた。


隅田川《すみだがわ》は滔々《とうとう》と流れていた。

浅草今戸町には、今戸焼の窯場《かまば》の煙が立ち上っていた。

今戸町は山谷堀《さんやぼり》の東にあり、瓦や素焼きの器などの今戸焼が名高かった。

伊佐吉と亀吉は、駒形堂傍の鰻屋『駒形鰻』を出て、浅草広小路を横切って今戸町に向かった。

隅田川沿いの花川戸町《はなかわどちょう》から山谷堀に架かる今戸橋を渡ると今戸町だ。

伊佐吉と亀吉は、今戸町の自身番を訪れて長屋に住んでいる〝清六〟を捜した。

「長屋住まいの清六ねえ……」

自身番の番人は、町内に住む者の名簿を捲って調べた。

「造作を掛けるね……」

伊佐吉は詫びた。

「いいえ。どうって事はありませんよ。ああ、甚兵衛《じんべえ》長屋の清六。こいつだな……」

番人は、名簿を伊佐吉に見せた。

「甚兵衛長屋……」

伊佐吉は眉をひそめた。

「ええ。甚兵衛長屋は、寺通りの称福寺《しょうふくじ》と廣楽寺《こうらくじ》の間の今戸町にありますよ」

「そうですか……」

伊佐吉は番人に礼を述べ、亀吉と共に甚兵衛長屋に急いだ。

甚兵衛長屋は、寺と寺の間の狭い町の奥にあった。

伊佐吉と亀吉は、陽当たりの悪い甚兵衛長屋を訪れ、清六の家の腰高障子を開けた。

家の中から、微かに酒と黴の臭いが漂った。

狭い家の中には誰もいなかった。

伊佐吉は、竈《かまど》の灰を調べた。

灰は冷たく固まっていた。

暫く火を燃やした形跡はない。

「ずっと留守にしているようだな」

伊佐吉は睨んだ。

「はい……」

亀吉は頷いた。

伊佐吉と亀吉は、狭く汚れた部屋を調べ始めた。だが、清六が何をしていたかを教えるような物はなかった。

水飛沫は飛び散った。

平八郎は、下帯一本になり井戸端で頭から水を被った。

昨夜の酒の酔いは、残り僅かになった。

平八郎は、頭から水を被って五体を大きく震わせた。

水飛沫は煌めいた。

平八郎は、木戸の地蔵尊に手を合わせ、その輝く頭を一撫でして出掛けた。

先ずは朝飯だ……。

平八郎は、神田明神門前町の一膳飯屋に向かった。そして、浅蜊《あさり》のぶっかけ飯と熱い味噌汁で腹拵《はらごしら》えをし、一膳飯屋を出た。

さあて、どうする……。

平八郎は、往来を行き交う神田明神の参拝客を見渡した。

人影が慌てて物陰に隠れた。

平八郎は、背後を窺いながら神田明神の境内に向かった。

背後に尾行て来る者の気配がした。

おそらく物陰に隠れた人影だ……。

殺された清六の仲間か、それとも羽織袴の侍たちなのだ。

どっちにしろ面白い……。

平八郎は北叟笑《ほくそ》んだ。

三

外濠に水鳥は遊び、大小様々な波紋が広がっていた。

高村源吾は、南町奉行所を訪れた結城一之進を数寄屋橋《すきやばし》御門前の蕎麦《そば》屋に伴った。

高村と一之進は、蕎麦をすすりながら倉田久馬の事を話し始めた。

「となると、倉田久馬は学問所の昼飯の時にいなくなったんですか……」

「はい。昼飯後の講義が始まった時にはいなくなっていました」

一之進は、汁をすすって蕎麦を食べ終えた。

「そうですか……」

「高村さん。倉田久馬は学問所の皆が云うように神隠しに遭ったんですかね」

一之進は、恐ろしげに眉をひそめた。

「一之進さん、此の世に神隠しなんてありませんよ」

高村は一笑に付した。

「そうですよね……」

一之進は、安心したように頷いた。

「で、一之進さん、倉田久馬ってのは、どんな奴なんですか……」

「倉田久馬ですか……」

　一之進は、困惑を過らせた。

何かある……。

高村の勘が囁いた。

「ええ。人柄が良いのか、悪いのか……」

高村は、一之進の反応を窺いながら尋ねた。

「良いか悪いかで云えば、余り良くはありませんよ」

一之進は、云い難《にく》そうに顔を歪めた。

「ほう。どんな風に……」

高村は促した。

「はあ。余り他人の悪口は言いたくないのですが……」

一之進は、十六歳の若者らしい潔癖《けっぺき》さを見せた。

「勿論そうでしょうが、人が殺されていますし、久馬自身もどうなっているのやら
……」

高村は眉をひそめた。

「はあ。久馬は弱い者や年下の者を苛《いじ》めたり、脅したりして、それに噂じゃあ賭場にも出入りしているとか……」

一之進は、腹立たしげに告げた。

「倉田久馬、そんな奴ですか……」

「ええ……」

一之進は頷いた。

「どうです。蕎麦、もう一杯……」

「いいんですか……」

一之進は、嬉しそうに顔を輝かせた。

神田明神の境内は、参拝客で賑わっていた。

平八郎は、拝殿に手を合わせながら背後を窺った。

誰かが見ている……。

平八郎は、己を見つめている視線を感じた。

尾行者は間違いなくいる……。

平八郎は、境内の茶店に向かった。そして、縁台に腰掛けて茶を頼み、それとなく参拝客を見渡した。

髭面《ひげづら》の浪人が、行き交う参拝者の向こうの石灯籠の陰に佇んでいた。

尾行者……。

平八郎の勘は、髭面の浪人が尾行者だと告げた。

見覚えのある髭面だった。

平八郎は、髭面の浪人が飲み屋の『海老屋』にいた客だと気付いた。

昨夜、撒いた餌《えさ》に早々と食らいついて来たのだ。

平八郎は苦笑した。

髭面の浪人は、石灯籠の陰に佇んで平八郎の様子を窺っていた。

捕らえて締め上げるか……。

撒いて逆に尾行するか……。

平八郎は、茶を飲みながら石灯籠の陰に佇む髭面の浪人を見た。

視線が合った。

平八郎を見ていた髭面の浪人が、慌てて眼を逸らした。

平八郎は決めた。

「おう……」

平八郎は親しげに笑い、髭面の浪人に向かって手を上げた。

「や、やあ……」

髭面の浪人は、戸惑いながら石灯籠の陰から出た。

平八郎は、髭面の浪人を手招きした。

髭面の浪人は逃げる訳にもいかず、平八郎の招きに応じるしかなかった。

「父っつあん、茶をもう一杯。それにお代わりだ」

平八郎は、茶店の老爺に注文し、髭面の浪人に腰掛けるように勧めた。

髭面の浪人は、平八郎の隣に腰掛けた。

「昨夜は御馳走《ごちそう》になった……」

髭面の浪人は、微かな警戒を滲ませて礼を云った。

「いや。礼には及びませんよ。どうです、これから一杯やりますか……」

平八郎は、笑顔で誘った。

「えっ……」

髭面の浪人は戸惑った。

「昨夜の海老屋で……」

平八郎は、猪口《ちょこ》を持つ指を作って笑った。

「う、うむ。飲むのは構わぬが、未だちょいと用があってな……」

髭面の浪人は、緊張した面持ちで平八郎の真意を探った。

「そうか。幾ら何でも飲むには、ちょいと早過ぎるか……」

「うむ……」

「分かりました。じゃあ、今夜暮六つ（午後六時）に海老屋で落ち合いますか……」

平八郎は誘った。

「う、うむ。心得た」

髭面の浪人は頷いた。

「じゃあ、暮六つに海老屋で。父っつぁん、茶代を置いたぞ」

平八郎は、髭面の浪人と約束をし、茶代を置いて茶店を出た。

髭面の浪人は、立ち去って行く平八郎を見送った。

平八郎は、行き交う参拝客の陰に消えた。

髭面の浪人は、安堵の吐息を洩らして茶の残りを飲み干した。

暮六つ、飲み屋『海老屋』……。

髭面の浪人は、約束を嚙《か》みしめながら茶店を出て明神下の通りに向かった。

平八郎が茶店の裏手から現れ、去って行く髭面の浪人を見送った。

「父っつあん、こいつを一つ貰うぞ」

平八郎は、茶店で売っていた塗笠を買い、目深に被りながら髭面の浪人を追った。

牛込御門前神楽坂を上がり、善國寺毘沙門堂《ぜんこくじびしゃもんどう》の斜向かいの道に入った処に旗本八百石倉田家の屋敷はあった。

高村源吾は、倉田屋敷を眺めた。

倉田屋敷は表門を閉め、張り詰めた緊張の中に沈んでいた。

何と云っても若さまが行方知れずなのだ。屋敷に緊張が張り詰めていても不思議はない。

高村は、倉田屋敷の様子を窺った。

町方の男が、高村の背後を通り抜けた。

「高村の旦那……」

町方の男は、擦れ違い態《ざま》に囁いた。

長次だった。

高村は、それとなく辺りを見廻して長次の後を追った。

長次は、神楽坂の坂道を横切った。

高村は続いた。


善國寺毘沙門堂は、参拝客も少なくひっそりとしていた。

長次は、境内の隅で高村の来るのを待った。

高村は、毘沙門天を見物するかのような顔で境内に入って来た。

「何か摑んだようだな……」

高村は、長次に笑い掛けた。

「ええ。妙な噂を聞きましてね」

長次は、神田川沿いの旗本屋敷の中間小者に聞き込みを掛けて歩き、妙な噂に辿り着いた。

「ま、不忍池の畔に拘わりがあるかどうかは、未だ分かりませんがね」

「神隠しか……」

高村は、さりげなく訊いた。

「旦那……」

長次は、微かな戸惑いを過らせた。

「どうやら図星のようだな」

高村は苦笑した。

「ひょっとしたら旦那も……」

「ああ。旗本倉田家の嫡男の久馬が、湯島の学問所に行ったまま神隠しに遭い、姿を消した……」

「旦那、何処でそいつを……」

長次は眉をひそめた。

「一之進さんから聞いたよ」

「結城さまの……」

長次は、時々父親の結城半蔵を手伝う一之進を知っていた。

「ああ。一之進さん、倉田久馬と湯島の学問所で一緒でな」

「そうでしたか……」

高村と長次は、倉田久馬の神隠しに関して知っている事を教え合った。

浅草花川戸町は、吾妻橋の袂から隅田川沿いに続く町だ。

伊佐吉と亀吉は、今戸町の甚兵衛長屋から花川戸町に戻った。

浅草一帯の地廻りの元締『丁字屋《ちょうじや》』鉄五郎《てつごろう》の家は、花川戸町の外れにあった。

「邪魔するぜ」

伊佐吉と亀吉は、『丁字屋』鉄五郎の家を訪れた。

「こりゃあ伊佐吉の親分、亀吉の兄い……」

土間にいた三下の半助《はんすけ》が、慌てて伊佐吉と亀吉を迎えた。

「半助、元締はいるかい」

亀吉は尋ねた。

「へい。ちょいとお待ちを……」

半助は、奥に入って行った。

伊佐吉と亀吉は、框《かまち》に腰掛けて土間を見廻した。

土間の鴨居《かもい》には、『丁字屋』と書き記された提灯が並べられていた。

地廻り『丁字屋』鉄五郎は、伊佐吉の父親が岡っ引をしている頃からの知り合いだった。

伊佐吉は、父親の跡を継いで岡っ引になる前、鉄五郎に可愛がられて地廻りの真似事をし、賭場にも出入りしていた。

餓鬼の頃の話だ……。

伊佐吉は苦笑した。

「お待たせ致しました。どうぞ……」

半助が奥から出て来た。

伊佐吉と亀吉は、鉄五郎の許に案内された。


「やあ。暫くだな……」

地廻りの元締『丁字屋』鉄五郎は、白髪眉を下げて迎えた。

「御無沙汰しました」

「そいつはお互い様だよ」

鉄五郎は笑った。

「どうぞ……」

半助が、伊佐吉と亀吉に茶を出して脇に控えた。

「で、何の用だい……」

鉄五郎は茶をすすった。

「はい。元締は清六って板前崩れの博奕打ちを御存知ですかい」

「板前崩れの博奕打ちの清六か……」

「ええ。住まいは今戸町でしてね。それで知っているかと思って……」

「清六ねえ……」

鉄五郎は白髪眉をひそめた。

「あの……」

半助が、遠慮がちに声を掛けた。

「半助、お前、何か知っているのかい」

「へ、へい……」

「半助、遠慮は無用だ……」

鉄五郎は、白髪眉を下げた。

「へい。その清六、あっしの知っている野郎かもしれません」

半助は、伊佐吉に告げた。

「どんな野郎だ……」

伊佐吉は眉をひそめた。

「へい。湯島の梅乃家って料理屋の煮方をしていた清六ですが……」

「親分……」

亀吉は声を弾ませた。

伊佐吉は頷いた。

「ああ……」

「で、半助。その清六、何処の賭場に出入りしているんだい」

「へい。入谷は鬼子母神《きしもじん》裏の賭場に……」

「仙吉《せんきち》が胴元の賭場か……」

鉄五郎は、清六が出入りしている賭場の胴元を知っていた。

「へい……」

半助は頷いた。

「で、清六、賭場ではどんな風なんだい」

伊佐吉は尋ねた。

「ま、博奕の腕は普通って処でしてね。いつも浪人や博奕打ちの仲間と連《つる》んでいますよ」

「浪人や博奕打ちの仲間か……」

伊佐吉は眉をひそめた。

「へい……」

「賭場、入谷の鬼子母神裏の何処だ……」

伊佐吉は、厳しさを過らせた。

下谷広小路は、東叡山寛永寺《とうえいざんかんえいじ》の参拝客や不忍池に遊びに来た人で賑わっていた。

髭面の浪人は、明神下の通りから下谷広小路に抜け、山下《やました》を入谷に向かった。

平八郎は、塗笠を目深に被って尾行た。

髭面の浪人は、一度も振り返る事なく進んだ。そこには、尾行者への警戒が毛筋程もなかった。

尾行るのが下手な訳だ……。

平八郎は苦笑した。

髭面の浪人は、山下から鬼子母神のある入谷に入った。

平八郎は尾行た。

入谷に旗本屋敷は少ない。

髭面の浪人は、羽織袴の侍の仲間ではなく、殺された清六の仲間なのかもしれない。

平八郎は読んだ。

真源院《しんげんいん》鬼子母神の境内には、楽しげに遊ぶ子供たちの歓声があがっていた。

髭面の浪人は鬼子母神の脇を抜け、裏手にある小さな古い寺の境内に入った。そして、本堂の裏に廻った。

裏には家作があった。

髭面の浪人は、案内も請《こ》わずに家作に入った。

平八郎は物陰で見届けた。

髭面の浪人の家なのか……。

平八郎は、小さな古い寺の表に戻った。

山門には、風雨に晒された『浄泉寺《じょうせんじ》』の扁額《へんがく》が掛かっていた。

「浄泉寺か……」

平八郎は、消え掛けている文字を読んだ。

「平八郎さん……」

伊佐吉と亀吉が現れた。

「やあ。親分、亀吉……」

平八郎は戸惑った。

「どうして此処に……」

伊佐吉は眉をひそめた。

「う、うん……」

平八郎は苦笑した。

鬼子母神の境内は子供たちも帰り、木々の梢《こずえ》が風に揺れて鳴る葉音だけが響いていた。

平八郎と伊佐吉は、亀吉を見張りに残して鬼子母神の境内に入った。

「尾行て来た髭面の浪人を逆に追って来ましたか……」

伊佐吉は苦笑した。

「ああ。様子から見ておそらく清六の仲間だと思うが、親分は……」

「浄泉寺の家作、清六が出入りしていた賭場でしてね。仙吉って野郎が胴元ですよ」

「そうか、賭場だったのか……」

平八郎は、髭面の浪人が入った家作が賭場だと知った。

「ええ。今晩にでも潜り込んでみますよ」

伊佐吉は、抜け目なく告げた。

「うん。俺は今夜、その髭面の浪人と酒を飲む約束だが、どうなる事やら……」

平八郎は苦笑した。

風が吹き抜け、木々の梢が大きく揺れた。

神楽坂の倉田屋敷は、表門を閉じたまま人の出入りはなかった。

高村源吾と長次は、付近の旗本屋敷の中間や小者に聞き込みを続けた。

「嫡男の久馬が此処の処、屋敷にいないのは確かなようですね」

「ああ。それから久馬。一之進さんが云っていたように結構な悪餓鬼のようだ」

高村は苦笑した。

「へえ。悪餓鬼ですか……」

「ああ。小さな頃から町方の子や年下の子を苛めたり、金を脅し取っていたそうだ」

「大した旗本の若さまだ……」

長次は呆れた。

「まったくだぜ」

高村は頷いた。

「旦那。こうなると久馬の神隠しって噂……」

長次は、高村の睨みを探った。

「ああ。恨み辛みの挙げ句の拐かしかもしれねえな」

「やっぱり……」

長次は、高村の睨みに頷いた。

「殺された清六が、平八郎の旦那に預けた三百両、おそらく久馬の身代金だろうな……」

「ええ……」

高村と長次は、清六殺しを読んだ。

潜り戸が開く軋みが聞こえた。

「旦那……」

長次は、倉田屋敷の潜り戸から三人の羽織袴の侍が出て来るのに気付いた。

高村と長次は、物陰に潜んで見守った。

三人の羽織袴の侍たちは神楽坂に出て、坂道を外濠に向かって下り始めた。

「三人の羽織袴の侍か……」

「ええ。清六を膾にしたのは、倉田家の家来ですか……」

高村と長次は、三人の家来を追った。

神楽坂の上から見える外濠は、夕陽に映《は》えて輝き始めていた。

暮六つが近付いた。

神田明神門前町の盛り場は、既に夜の賑わいが始まっていた。

平八郎は、居酒屋『花や』で腹拵えをした。

「本当に大丈夫なの……」

女将のおりんは、形の良い細い眉を心配げにひそめた。

「そうか。浪人が大金を預かったって噂、広まっているか……」

平八郎は苦笑した。

「ええ。事件に拘わりのない悪い奴も狙って来るわよ」

「そいつは、もう現れたよ」

平八郎は、昨夜中坂で得体の知れない浪人に襲われた事を告げた。

「まあ……」

おりんは驚いた。

「さあて、今夜は鬼が出るか蛇が出るか……」

平八郎は不敵に笑った。

四

上野寛永寺の鐘が暮六つを告げた。

湯島天神門前町の盛り場は賑わった。

平八郎は、盛り場の外れにある飲み屋『海老屋』に向かった。

飲み屋『海老屋』の客は、既に安酒に酔っていた。

「邪魔をするぞ」

平八郎は、『海老屋』に入った。

「こりゃあ旦那……」

居合わせた客たちは、只酒にありつけると喜んだ。

「おう。父っつあん、酒だ。酒を持って来てくれ」

平八郎は、亭主に注文して店の隅に座った。

「旦那。取り敢えずの駆付け三杯。どうぞ」

客の遊び人が、平八郎に猪口を持たせて酒を注いだ。

「こいつは済まないな」

平八郎は、注がれた酒を飲みながら客を見渡した。

髭面の浪人は、まだ来ていなかった。

「おまちどおさま……」

亭主が、数本の徳利を持ってきた。

「さあ、皆、飲んでくれ」

平八郎は、居合わせた客に酒を振る舞った。

「こいつはありがてえ……」

「戴きますぜ、旦那……」

「すまんな……」

客たちは喜び、平八郎に礼を云って酒を飲んだ。

髭面の浪人が入って来た。

「おう。此処だ……」

平八郎は、髭面の浪人を呼んだ。

「やあ。遅れて済まぬ……」

髭面の浪人は、平八郎の前に座った。

「まあ、飲んでくれ」

平八郎は、髭面の浪人に酒を勧めた。

「馳走になる……」

髭面の浪人は酒を飲んだ。

「さあ、遠慮なくやってくれ」

平八郎は、客たちと機嫌良く酒を飲み始めた。


三人の倉田家の家来は、神田川沿いの道から湯島天神門前町の盛り場に入った。

高村と長次は追った。

「奴ら、平八郎の旦那の処に行く気だぜ」

高村は睨んだ。

「平八郎さんの処に……」

長次は眉をひそめた。

「ああ。噂ってのは恐ろしいもんだ」

平八郎の噂が、どのような経路で倉田家に広がったのかは分からない。だが、噂が届いたのは確かなようだった。

「さあて、何をする気か……」

高村は苦笑した。

飲み屋『海老屋』は賑わった。

平八郎と髭面の浪人は酒を飲んだ。

「どうだ。入谷に面白い処があるんだが、行かないか……」

髭面の浪人は、平八郎を誘った。

「入谷……」

平八郎は眉をひそめた。

「ああ……」

髭面の浪人は、薄笑いを浮かべた。

「入谷ねえ……」

髭面の浪人は、入谷の浄泉寺の賭場に連れて行く気だ……。

平八郎は、髭面の浪人の腹の内を読んだ。

しかし、何を企んでいるのかは、乗ってみなければ分からない。

「そうか、面白い処なら行ってみるか……」

平八郎は酒を飲んだ。

「よし、決まった」
髭面の浪人は、嬉しげに笑った。
腰高障子が乱暴に開けられた。
平八郎たち客は、戸口を一斉に見た。
倉田家の三人の家来が入って来た。
清六を追っていた三人の羽織袴の侍……。
平八郎は気付いた。
現れた……。
平八郎は、密かに笑った。
客たちに怯えが湧《わ》き、静寂が店内に満ちた。
「いらっしゃいませ……」
亭主は、嗄れた声を微かに震わせた。
三人の家来は、客を見渡して平八郎に気付いた。そして、平八郎に向かった。
平八郎は立ち上がった。
刹那、髭面の浪人が、三人の家来に向かって飯台をひっくり返した。
徳利や猪口、皿や小鉢が飛び、甲高い音を立てて砕け散った。

三人の家来は怯んだ。

髭面の浪人は、その隙を衝《つ》いて外に走った。

三人の家来の一人が、抜き打ちの一刀を髭面の浪人に放った。

髭面の浪人は、肩から血を飛ばして倒れた。

亭主と客たちは悲鳴をあげ、我先に『海老屋』から逃げ出した。

店内には平八郎と三人の家来、そして斬られた髭面の浪人が残った。

「久馬さまは何処にいる……」

年嵩《としかさ》の家来が、平八郎に迫った。

「久馬だと……」

「お前たちが拐かした久馬さまだ」

「知らないな。久馬なんて奴は……」

平八郎は嘯《うそぶ》いた。

「おのれ。お前たちが久馬さまを拐かし、身代金三百両を……」

年嵩の家来は熱《いき》り立った。

「俺はその三百両を擦れ違い態に清六から預かっただけだ。拐かしの一味ではない」

平八郎は遮《さえぎ》り、髭面の浪人を一瞥した。

「ならば……」

年嵩の家来は刀を抜き、倒れている髭面の浪人の首に突き付けた。

「久馬さまは何処だ……」

「い、入谷だ。入谷の寺の賭場にいる。医者だ。医者を頼む……」

髭面の浪人は、顔を苦しげに歪ませて必死に頼んだ。

「賭場のある寺の名は……」

年嵩の家来は、髭面の浪人に刀を突き付けて問い質した。

次の瞬間、平八郎は年嵩の家来に飛び掛かり、刀を握る腕を捻りながら投げを打った。

年嵩の家来は、床に激しく叩き付けられた。

平八郎は、苦しく呻く年嵩の家来の鳩尾《みぞおち》に拳を鋭く叩き込んだ。

年嵩の家来は、意識を失った。

「お、おのれ……」

残る二人の家来が慌てた。

途端に鋭い輝きが、二人の家来の後頭部に閃いた。

鈍い音が鳴り、二人の家来は頭を抱えて崩れ落ちた。

十手を握った高村源吾が、嘲笑を浮かべて背後に佇んでいた。

「こいつらが清六を追っていた奴らだな」

高村は確認した。

「ええ。間違いありませんよ」

平八郎は頷いた。

「よし。長次……」

「承知……」

長次は、気を失っている三人の家来の羽織を脱がせた。そして、高村が脇差で三人の家来の元結を切った。

三人の家来は、髷が崩れてざんばら髪になった。

「これで、主持ちか浪人か分からねえ只の狼藉者だ。大番屋で締め上げ、清六殺しを吐かしてやるぜ」

旗本家に町奉行所の支配は及ばない。

高村は、倉田家の抗議を計算して三人の家来をお縄にした。

「それで、倉田久馬は入谷の何て寺の賭場にいるんだ」

高村は、肩を斬られて座り込んでいる髭面の浪人を睨み付けた。

「そ、それは……」

髭面の浪人は顔を背けた。

「入谷の浄泉寺だな」

平八郎は告げた。

「えっ……」

髭面の浪人は狼狽《うろた》えた。

「知っているのかい」

「ええ。清六の出入りしていた賭場でしてね。今、伊佐吉親分と亀吉が見張っています」

「流石だな……」

高村は苦笑した。

「で、倉田久馬ってのは、何ですか……」

「よし。平八郎の旦那、此処は俺が始末する。お前さんは、長次と一緒に入谷の浄泉寺に行っちゃあくれないかな」

「そいつは構いませんが……」

平八郎は戸惑った。

「長次、入谷の寺に行く迄に倉田久馬の神隠し、平八郎の旦那に詳しく教えてやんな」

「心得ました。じゃあ平八郎さん……」

長次は促した。

「う、うん。では、高村さん……」

「ああ、宜《よろ》しく頼んだぜ」

平八郎と長次は、高村の声に見送られて飲み屋の『海老屋』を出て、入谷に急いだ。

湯島天神門前町から入谷迄は、明神下の通りから下谷広小路を抜け、寛永寺脇を行けば遠くはない。

長次は、平八郎に倉田久馬の神隠しの件を話しながら入谷に急いだ。

「じゃあ、清六たち博奕打ちと髭面の浪人が倉田久馬を拐かし、倉田家から三百両の身代金を脅し取ったって訳ですか……」

平八郎は眉をひそめた。

「ええ。神田川の何処かでね。ですが、清六たちは久馬を返さず、家来たちに追われ、平八郎さんに三百両を預けた。ま、そんな処でしょうね」

「成る程、そんな処か……」

「ま、評判の悪い餓鬼ですが、拐かされたのなら助けない訳にもいきませんからね」

長次は苦笑した。

拐かされた倉田久馬を助け出す……。

平八郎と長次は急いだ。


入谷『浄泉寺』は闇に覆われていた。

本堂裏の家作には、商家の旦那や遊び人たち博奕客が出入りしていた。

伊佐吉は、博奕打ちに自分たちを知る者がいるのを恐れ、浅草の地廻り『丁字屋』の半助を探りに入れていた。

「親分。又、客が来たようですぜ」

亀吉が暗い道を示した。

長次と平八郎が、暗い道をやって来た。

「長さんと平八郎さんだ……」

伊佐吉は眉をひそめた。

亀吉が、二人を呼びに走った。

平八郎と長次は、伊佐吉と亀吉に清六殺しの真相を告げた。

「じゃあ、浄泉寺の家作の何処かに、拐かされた倉田久馬が閉じ込められているんですか」

伊佐吉は眉をひそめた。

「うん……」

「気の毒に……」

亀吉は同情した。

「亀、久馬は弱い者を苛めたり金を巻き上げたりする悪餓鬼だ。良い薬だ」

長次は嘲笑った。

「そうなんですか……」

亀吉は戸惑った。

半助が戻って来た。

「どうだった」

伊佐吉は、身を乗り出した。

「へい。賭場はいつも通りに胴元の仙吉たちが取り仕切っていますよ」

「いつもと変わりはねえか……」

「はい。ですが、奥の部屋に誰かいるような気配が……」

「奥の部屋に誰かいる気配だと……」

「へい。三下が張り番をしていて通しちゃあくれないので、良く分かりませんがね」

半助は腹立たしげに告げた。

「平八郎さん……」

伊佐吉は、平八郎の判断を訊いた。

「久馬が閉じ込められているのは、そこだろうな……」

平八郎は睨んだ。

「ええ。どうします……」

「賭場に遠慮は無用だ。博奕打ち共を蹴散らして一気に助け出す迄だ」

平八郎は云い放った。

「ま、それしかありませんね」

長次は苦笑した。

「じゃあ、やるか……」

伊佐吉は決めた。

「そうこなくっちゃあ……」

亀吉が勇《いさ》んだ。

「よし。とにかく拐かされた倉田久馬を助け出すぜ」

伊佐吉は、十手を握り締めた。


賭場は、客の熱気と煙草の煙に満ちていた。

胴元の仙吉と博奕打ちたちは、盆茣蓙《ぼんござ》を囲む客に気を配っていた。

不意に男たちの怒声があがった。

「賭場荒しか……」

仙吉たち博奕打ちは、弾かれたように怒声のあがった戸口に向かった。

客たちは逃げ惑った。

平八郎は、襲い掛かる博奕打ちたちを蹴散らして奥に進んだ。

博奕打ちたちは殴られ蹴られ、壁や床に激しく叩き付けられた。

家作は激しく揺れ、天井から埃が落ち、壁が崩れ、襖や障子がへし折られた。

伊佐吉、長次、亀吉は、平八郎に蹴散らされた博奕打ちを十手で叩きのめし、胴元の仙吉に向かった。

「何だ手前《てめえ》ら、賭場荒しか……」

胴元の仙吉は、満面に怒りを漲《みなぎ》らせて怒鳴った。

「馬鹿野郎。拐かしの分際で生意気抜かすんじゃあねえ」

伊佐吉は、仙吉の横面を十手で殴り飛ばした。

仙吉は、鼻血を飛ばして倒れた。

亀吉が、素早く仙吉に縄を打った。


平八郎と長次は、奥の部屋の張り番を叩きのめして板戸を開けた。

下帯一本の若い男が、厚化粧の半裸の女を抱きながら酒を飲んでいた。

平八郎と長次は戸惑った。

「何だ無礼者、俺は旗本だ」

若い男は、顔を醜《みにく》く歪めて怒鳴った。

「旗本……」

平八郎の勘は、若い男が倉田久馬だと囁いた。

「お前さん、もしかしたら倉田久馬さんですかい……」

長次は、呆れたように尋ねた。

「なに……」

下帯一本の若い男は狼狽えた。

「倉田久馬かどうか訊いているんだ」

平八郎は怒鳴った。

「そ、そうだ。俺は旗本の倉田久馬だ。控えろ、下郎」

拐かされて閉じ込められている筈の倉田久馬は、下帯一本で女を抱いて酒を飲んでいたのだ。

平八郎は、事の次第を理解した。

久馬は、拐かされてなどいないのだ。拐かされた狂言を打ち、己の家から三百両もの金を奪い取ろうとしたのだ。

十六歳の久馬の馬鹿げた企てが、清六を死なせて三人の家来を人殺しにし、大人たちを振り廻したのだ。

平八郎は、怒りに衝き上げられた。

「この糞餓鬼が……」

平八郎の拳が、唸りをあげて久馬の顔に食い込んだ。

久馬は、大きく弾き飛ばされて壁に激突し、無様に倒れた。

厚化粧の半裸の女の悲鳴が、賭場に甲高く響き渡った。

倉田久馬は、十六歳の身で博奕の借金を作った。

胴元の仙吉や清六たちは、厳しく借金の返済を求めた。

久馬は、父親の倉田兵部に金策を頼めず、己が拐かされた振りをして身代金を取り、借金の返済をしようと企てた。

胴元の仙吉は、久馬の企てに乗って清六に脅し文を届けさせ、身代金の受け取りを命じた。

清六は、水道橋に身代金を持って来させた。そして、猪牙舟で水道橋の下に行き、身代金を投げ落とさせた。だが、三人の家来たちは忠義者であり、逃げる清六の猪牙舟を必死に追った。

清六は、昌平橋で猪牙舟を棄てて入谷に走った。

三人の家来たちは迫った。

清六は、ぼんやりと佇んでいた平八郎に三百両の金を咄嗟《とっさ》に預けて逃げた。そして、不忍池の畔で追い付かれた。三人の家来は、久馬の居場所を問い質した。だが、清六は三人の家来を侮《あなど》り、惚《とぼ》けた。

三人の家来は激怒し、清六を滅多斬りにして殺した。

高村源吾は、髭面の浪人や胴元の仙吉、三人の家来を厳しく責めて口書を取った。

倉田兵部は事の次第を知り、慌てて久馬を勘当し、三人の家来を倉田家から放逐した。

しかし、目付と評定所は、見逃しはしなかった。

評定所は、倉田家を家中取締り不行届で家禄を減らし、閉門の沙汰を下した。

酒はほろ苦かった。

平八郎は、居酒屋『花や』でおりんを相手に酒を飲んでいた。

「拐かしが狂言だったなんて、酷い話ね……」

おりんは呆れた。

「ああ。十六歳の悪餓鬼にいいように振り廻され、情けない話だ」

平八郎は、腹立たしげに酒をすすった。

「やっぱり此処だったか……」

南町奉行所定町廻り同心の高村源吾が、暖簾を潜って入って来た。

「いらっしゃいませ」

おりんは、高村を迎えた。

高村は、おりんに酒を注文し、平八郎の向かい側に座った。

「どうした、浮かねえ顔をして……」

高村は、平八郎の顔を覗き込んで苦笑した。

「後味の悪い一件でしたからね……」

平八郎は苦笑した。

「まったくだ」

高村は頷いた。

「で、終わりましたか……」

「ああ。久馬と博奕打ちの仙吉は遠島。拐かしの狂言に加わった野郎共は追放。倉田家の三人の家来は、拐かし一味の清六を斬ったとして放免の裁きが下ったぜ」

「そうですか……」

平八郎は、思わず微笑《ほほえ》んだ。

清六殺しの一件は終わった。

「お待たせしました」

おりんが、酒を持って来て高村に酌をした。

高村は酒を飲んだ。

「それから、こいつは働いて貰った給金だ」

高村は、平八郎に一両小判を差し出した。

「こんなに……」

平八郎は戸惑った。

「ああ。命懸けの日雇い仕事。良くやってくれた。礼を云うぜ」

高村は、平八郎に頭を下げた。

「そうですか、ありがたく……」

平八郎は、小判を押し戴いて素早く懐に仕舞った。そして、高村に酒を注ぎ、己の猪口に酒を満たした。

「じゃあ……」

平八郎は、酒を満たした猪口を翳した。

「うん……」

高村も、やはり猪口を翳して酒を飲んだ。

平八郎は酒を飲んだ。

酒は、五体にゆっくりと染み渡った。

「美味い……」

平八郎は、漸く酒の美味さを思い出した。

第三話　銭十文

一

陽差しは雨戸の隙間から緩やかな角度で差し込み、薄暗く狭い部屋で眠っている平八郎を浮かび上げていた。

井戸端でお喋りに興じるおかみさんたちの賑やかな声と、幼い子供たちが駆け廻りながらあげる歓声は、眠っている平八郎に容赦《ようしゃ》なく襲い掛かっていた。だが、平八郎は眼を覚まさず、鼾《いびき》を掻いて眠り続けた。

差し込む陽差しは急な角度になり、平八郎の顔を照らした。

平八郎は眼を覚まし、薄汚れた粗末な蒲団を撥《は》ね上げた。着の身着のままで寝た五体には、薄く汗が滲んでいた。

薄い汗には、微かに酒の匂いがした。

昨夜は飲み過ぎた……。

平八郎は、耳を澄まして外の様子を窺《うかが》った。

外は静かになっており、おかみさんたちの井戸端でのお喋りは終わっていた。

「よし……」

平八郎は、威勢良く跳ね起きて着物と袴を脱《ぬ》ぎ棄て、下帯一本になった。

平八郎は、腰高障子を開けて井戸端に走った。

誰もいない筈の井戸端の陰で、十歳程の女の子が洗濯《せんたく》をしていた。

「あっ……」

平八郎は戸惑った。

「あっ……」

女の子は、下帯一本の平八郎を見て眼を丸くした。

初めて見る顔だった。

「や、やあ……」

今更、家に戻る訳にはいかない。

「水を浴びたいのだが、いいかな」

平八郎は、女の子に微笑み掛けた。

「はい……」

女の子は、平八郎の微笑みに釣られたように笑顔で頷いた。

「うん。じゃあ遠慮なく……」

平八郎は、井戸端にしゃがみ込んで水を頭から勢い良く被った。

水飛沫が飛び散り、陽差しに煌《きら》めいた。

平八郎は身震いをしながら、二度三度と水を被った。

水飛沫が飛び散り、小さな虹が浮かんだ。

「あっ、虹……」

女の子は、平八郎の頭の上に虹が浮かんだのに気が付いた。

虹は浮かんですぐに消えた。

「うん……」

平八郎は、怪訝に女の子を見た。

「今、お侍さんの頭の上に小さな虹が……」

女の子は顔を輝かせた。

「虹……」

平八郎は、思わず己の頭上を見上げた。だが、虹は既に消えていた。

「はい。綺麗《きれい》な小さな虹でした」

女の子は、嬉《うれ》しげに笑った。

「そうか、虹が架かったか……」

平八郎は、手拭を絞って濡れた身体を拭い始めた。

「私は矢吹平八郎と申すが、お前は……」

「私、昨日、隣に越して来た、ちよです」

「そうか、昨日、引っ越して来たおちよちゃんか……」

平八郎は、隣の空き家に引っ越して来る者がいるのを大家から聞いていた。

「はい。昨日、挨拶《あいさつ》に行ったのですが、いなかったので、宜《よろ》しくお願いします」

おちよは、平八郎に頭を下げた。

「そいつは失礼した。こちらこそ宜しく頼む」

平八郎は、屈託なく頭を下げた。

「それでおちよちゃん、家族は……」

「おっ母さんと弟が……」

おちよは、微かな翳《かげ》りを過らせて言葉を濁《にご》した。

「そうか。私は一人暮らしだ」

「はい。大家さんに聞きました」

「そうか……」

「もの凄く剣術が強いんだそうですね」

「う、うむ。まあ、それ程でもないよ」

平八郎は苦笑した。

大家の金兵衛《きんべえ》は、男の癖《くせ》に相変わらずのお喋りだ。

「それにしても、偉いなおちよちゃんは、おっ母さんの手伝いをして……」

平八郎は、話題を変えた。

「おっ母さんは病だし、弟の直吉《なおきち》は未だ六歳ですから……」

おちよは苦笑した。

「そうか、おっ母さん、病なのか……」

平八郎は眉をひそめた。

「何の病だ……」

「はい……」

「心の臓です……」

「そうか……」

「姉ちゃん。おっ母ちゃん、呼んでいるよ」

平八郎の隣の家から、小さな男の子が出て来た。

「直吉、隣の矢吹平八郎さまです。挨拶しなさい」

おちよは、弟の直吉に命じた。

「おいら、直吉だよ」

直吉は、照れるように告げた。

「そうか、直吉か。私は矢吹平八郎だ。仲良くしような」

平八郎は微笑んだ。

「うん……」

直吉は頷《うなず》いた。

「じゃあ……」

おちよは、洗い終えた洗濯物を抱え、直吉と共に家に戻って行った。

平八郎は見送った。

健気《けなげ》な子だ……。

平八郎は感心した。そして、水を被った身体が冷えたのか、続け様に派手な嚔《くさめ》をした。

木戸の地蔵の頭は、今日も光り輝いていた。

平八郎は、地蔵に手を合わせ、頭を撫でてお地蔵長屋の木戸を出た。

とにかく朝飯だ……。
平八郎は、馴染の一膳飯屋に向かった。

熱い味噌汁を掛けた飯は美味かった。
平八郎は、朝飯を食べ終えて微温《ぬる》くなった茶をすすった。
酒は既に抜けていた。
さあて、どうする……。
口入屋に行く時は、とっくに過ぎていた。
今頃行っても、主の万吉に嫌味を云われるだけだ。
懐の金は、後二、三日食い繋ぐだけはある。
まあ、良いか……。
平八郎は、天性の気楽さと暢気《のんき》さで己を納得させた。
神田明神門前町は、参拝客が行き交っていた。
平八郎は、一膳飯屋を出て明神下の通りに向かった。
家に帰ってもう一寝入りだ……。

平八郎は、明神下の通りに出た。

明神下の通りは、神田川に架かる昌平橋から不忍池に繋がっており、左右には湯島横町、御臺所町《おだいどころまち》、同朋町《どうぼうちょう》、旅籠町《はたごちょう》、金澤町《かなざわちょう》などが続き、大名旗本屋敷の連なりとなる。

平八郎の暮らすお地蔵長屋は、同朋町の裏通りにあった。

平八郎は、お地蔵長屋に向かおうとした時、旅籠町の自身番の横手におちよが佇んでいるのに気付いた。

おちよは、赤ん坊を負ぶってあやしていた。

子守り仕事をしているのか……。

平八郎は微笑んだ。

おちよは、負ぶった赤ん坊をあやしながら真剣な面持ちで自身番横手の掲示板を見つめていた。

平八郎は戸惑った。

自身番から番人が出て来た。

おちよは、慌てて掲示板の前から立ち去った。

どうした……。

平八郎は、明神下の通りを横切って旅籠町の自身番に向かった。

自身番の横手の掲示板には、町奉行所の触書や人相書が貼られていた。

平八郎は触書を見た。

触書には、月行事の変更が書き記されていた。

違う……。

おちよが見ていたのは触書ではない。

平八郎は、触書の下に貼られた人相書に視線を移した。

人相書は、盗賊夜狐《よぎつね》の藤吉《とうきち》のものだった。

これだ……。

平八郎の直感が囁いた。

おちよは、夜狐の藤吉の人相書を見ていたのだ。

盗賊夜狐の藤吉……。

平八郎は、人相書に書かれている事を読んだ。

夜狐の藤吉は、歳の頃は五十歳前後、背丈は五尺一寸（約百五十五センチ）位で目方は二十貫（約七十五キロ）程。手下を率いて押し込む凶悪非道な盗賊……。

平八郎は眉をひそめた。

何故、おちよは夜狐の藤吉の人相書を見つめていたのだ。

おちよは、夜狐の藤吉と拘《かか》わりがあるのか、それとも偶々《たまたま》見ていただけなのか……。

平八郎の困惑は募《つの》った。


鰻の蒲焼《かばや》きの香りは店の表に漂っていた。

平八郎は、浅草駒形堂傍の鰻屋『駒形鰻』の暖簾を潜った。

「いらっしゃいませ」

小女のおかよが、威勢良く迎えた。

店には数人の客がおり、蒲焼きの香りが満ち溢れていた。

美味そうな香りだ……。

平八郎は、鼻から大きく香りを吸い込んだ。

「あっ。平八郎さま」

おかよは、客が平八郎だと気付いて笑った。

「やあ、おかよ坊、相変わらず威勢が良いな」

平八郎は苦笑した。

「はい。女将さん、平八郎さまですよ。若旦那……」

おかよは、板場にいる女将のおとよに告げ、店の奥にある若旦那の伊佐吉の部屋に向かった。

「まあ、お久し振りですね。平八郎さん」

女将のおとよが、板場から出て来た。

「御無沙汰しました」

平八郎は、おとよに挨拶をした。

「いいえ。いつも伊佐吉がお世話になりまして。本当にあの子は……」

「おっ母あ、そこ迄だ」

出て来た伊佐吉が、苦笑しながら遮った。

「やあ……」

「まあ、どうぞ……」

伊佐吉は、平八郎に自分の部屋に来るように促した。

「ああ。じゃあ女将さん……」

「はい。すぐに蒲焼きをお持ちしますからね。ごゆっくり……」

平八郎は、おとよとおかよに見送られて伊佐吉の部屋に向かった。

「すぐに蒲焼きをお持ちしますからね……」

おとよの声は、平八郎の頭の中に繰り返し響き渡った。


「夜狐の藤吉ですか……」

伊佐吉は眉をひそめた。

「ああ。歳の頃は五十。背は五尺一寸で目方は二十貫。凶悪非道の盗賊だと人相書には書いてあったが、本当なのか……」

「見た事がないので良く分かりませんが、そんな処なんでしょうね」

「そうか……」

「夜狐の藤吉、どうかしたんですかい……」

「う、うん。で、夜狐の藤吉、女房子供はいるのかな……」

「女房子供ですかい……」

「うん」

「藤吉は、関八州を荒らし廻っている盗賊で、あちこちに女を囲っていると聞いちゃあいますが、女房子供がいるって話は……」

伊佐吉は首を捻った。

「聞いた事はないか……」

「ええ。藤吉には子種がないとか……」

伊佐吉は告げた。

「子種がない……」

平八郎は、素っ頓狂な声をあげた。

「本当の処は分からねえが、専《もっぱ》らの噂ですよ」

伊佐吉は苦笑した。

「そうか……」

おちよは、盗賊夜狐の藤吉の娘なのかもしれない……。

平八郎は睨み、心配した。だが、どうやら子供ではないようだ。

平八郎は、睨みが外れた微かな落胆と大きな安堵を覚えた。

「藤吉の女房子供だってのがいるんですかい」

伊佐吉は訊いた。

「いや。俺が余計な気を廻し過ぎただけのようだ」

平八郎は苦笑した。

「お待たせしました。平八郎さま、鰻の蒲焼きですよ」

おかよの弾んだ声が、鰻の蒲焼きの香りと一緒に近付いて来た。

翌朝、平八郎は腰高障子を叩く音で眼を覚ました。

雨戸の隙間から差し込む陽差しは既に高く、急な角度になっていた。

腰高障子は叩かれた。

「何方《どちら》だ……」

「隣のちよです……」

おちよの声がした。

「おお、おちよちゃんか……」

平八郎は、脱ぎ棄ててあった着物を慌てて着て戸口に向かった。そして、腰高障子に掛けてあった心張棒を外した。

昨夜、平八郎は伊佐吉や長次たちと酒を飲んで帰って来た。そして、腰高障子に心張棒を掛けて寝た。

平八郎は、腰高障子を開けた。

おちよが佇んでいた。

「やあ、お早う……」

「お早うございます」

おちよは、微かな緊張を滲ませていた。

「どうした」

平八郎は戸惑った。

「はい。ちょっとお願いがありまして……」

おちよは、躊躇《ためら》いがちに告げた。

「なんだい……」

平八郎は、笑みを浮かべて促した。

「あの、今、これしかないんですが……」

おちよは、平八郎に小さな紙包みを差し出した。

「これは……」

平八郎は、怪訝な面持ちで紙包みを開いた。

中には十枚の文銭があった。

「おちよちゃん……」

平八郎は眉をひそめた。

「お父っつあんを捜して欲しいんです」

おちよは、強張った面持ちで平八郎を見つめた。

「お父っつあんを……」

「はい。お父っつあんは、半年前からいなくなって。それで、おっ母さんは心配して、心の臓を。矢吹さま、矢吹さまはいろんな仕事をしてくれると、大家さんから聞きました。このお金は、少ないですがお給金です。ですから、お父っつあんを捜して下さい。お願いします」

おちよは、平八郎に深々と頭を下げた。

「ま、待て、おちよちゃん……」

平八郎は、微かに狼狽《うろた》えた。

おちよは、子守りをして稼いで貯めた僅かな金で平八郎を雇い、半年前に行方《ゆくえ》を晦《くら》ませた父親を捜してくれと頼んだ。

「先ずは、お父っつあんが何て名前で、どんな仕事をしていたのかだ」

平八郎は尋ねた。

「はい。お父っつあんの名前は幸助《こうすけ》。神田鍛冶町《かじちょう》の鍵清《かぎせい》って錠前屋の職人でした」

「錠前職人か……」

「はい。それで、半年前、仕事に行った切り、いなくなったんです……」

おちよは涙を零《こぼ》した。

半年前、おちよの父親で錠前職人の幸助は、仕事に出掛けたっ切り、行方知れずになった。

おちよは、その父親の幸助を捜してくれと、十枚の文銭で頼んで来た。

平八郎は、旅籠町の自身番で夜狐の藤吉の人相書を見ていたおちよを思い出した。

盗賊と錠前職人……。

幸助の行方知れずは、盗賊夜狐の藤吉と何らかの拘わりがあるのかもしれない。

平八郎は、焦臭《きなくさ》さを感じた。

「矢吹さま……」

おちよは、涙に濡れた大きな眼で平八郎を見つめた。

「よし、分かった。おちよちゃんのお父っつあんを捜してみよう」

「ありがとうございます」

おちよは、涙を拭って嬉しげな笑みを浮かべた。

「だが、おちよちゃんも知っての通り、江戸には大勢の人がいる。捜すにしても、お父っつあんの幸助さんがどんな人か分からないとな」

「はい。お父っつあん、歳は三十八で、痩せていて背が高く、若い頃に左脚を折って今でも歩く時、少し引き摺《ず》っています」

おちよは、父親の姿を懐かしげに告げた。

「瘦せて背が高く、左脚を少し引き摺っているか……」

平八郎は念を押した。

「はい……」

おちよは頷《うなず》いた。

「で、顔はどうだ」

「顔は眉毛が濃くて……」

おちよは、父親の顔の特徴を思い出そうと眉をひそめた。

「うん。眉毛が濃くて……」

平八郎は、おちよの次の言葉を待った。

「これと云って……」

おちよは、申し訳なさそうに項垂《うなだ》れた。

「ないか……」

「はい」

おちよは哀しげに頷いた。

「じゃあ、おちよちゃん。お父っつあんが付き合っていた連中に、真っ当な仕事をしていない者とか博奕打ちとかいなかったかな」

「分かりません」

おちよは、盗賊夜狐の藤吉には触れなかった。

それは故意なのか、それとも拘わりがないからなのか……。

「そうか、分からないか……」

「はい。あの、それじゃあ駄目ですか……」

おちよは、不安を過らせた。

「いや。眉毛が濃いのと左脚を引き摺って歩くのは、大きな手掛かりだ」

平八郎は、おちよを安心させた。

「良かった……」

おちよは、安堵の吐息を洩らした。

「それからおちよちゃん。給金は後払いで結構だ……」

平八郎は微笑んだ。

二

神田明神門前町の居酒屋『花や』は賑わっていた。

主の貞吉は忙しく料理を作り、女将のおりんは客の相手をしていた。

平八郎は、伊佐吉、長次、亀吉と奥の小部屋で酒を飲んでいた。

「夜狐の藤吉の手下ですか……」

伊佐吉は眉をひそめた。

「ああ。手下の中に痩せていて背が高く、左脚を引き摺る者はいないかな」

平八郎は尋ねた。

「さあ、あっしは聞いた覚えはないが、長さんや亀吉はどうかな……」

伊佐吉は、話を長次と亀吉に振った。

「夜狐の藤吉の面も満足に拝んじゃあいませんからねえ……」

長次は酒をすすった。

「夜狐の藤吉らしい親父が、時々本所の賭場に現れるって噂は聞いた事はあります
が、手下の事迄は……」

亀吉は首を捻った。

「そうか……」

平八郎は、肩を落とした。

「それにしても平八郎さん、昨日今日と夜狐の藤吉ばかりですね」

伊佐吉は、平八郎を鋭く一瞥した。

「うん。実はな、近頃、隣に引っ越して来たおちよって娘がな……」

平八郎は、おちよに父親の幸助を捜してくれと頼まれた事を伝えた。

「そいつが何故、夜狐の藤吉と……」

長次は眉をひそめた。

「そいつなんだが、おちよちゃん、自身番に貼られていた夜狐の藤吉の人相書をじっと見ていてな……」

「拘わりがありそうですか……」

長次は、平八郎の猪口に酒を満たした。

「うん……」

平八郎は頷いた。

「おちよのお父っつあんの幸助、錠前職人でしたね」

伊佐吉は、平八郎を窺った。

「ああ……」

「盗賊と錠前職人、何があっても不思議はないか……」

伊佐吉の眼が光った。

「親分もそう思うか……」

平八郎は、伊佐吉に酌をして己の猪口にも酒を満たした。

「こいつはどうも。ひょっとしたら幸助は夜狐の手下か、無理矢理に仲間に引き入れられているか……」

伊佐吉は読んだ。

「そいつをはっきりさせてやりたいんだな」

平八郎は酒をすすった。

「平八郎さん、幸助、無理矢理に仲間にされたんじゃあなかったら、おちよに何て云うんですか……」

長次は、平八郎に探る眼を向けた。

「長次さん、その時は捜し出せなかった。失敗したと云うしかありませんよ」

平八郎は苦笑した。

「そうですか……」

長次は、平八郎の思いやりを知り、微かな笑みを過らせた。

「平八郎さん、幸助が奉公していた錠前屋、何処のなんて店ですかい」

伊佐吉は尋ねた。

「神田鍛冶町の鍵清だ」

「鍛冶町の鍵清ですか……」

「知っているか……」

「名前だけは。明日、ちょいと当たってみますよ」

「済まない。助かる」

「亀吉、夜狐の藤吉が現れるって噂の本所の賭場、何処なんだ」

長次は、手酌で己の猪口に酒を満たした。

「へい。本所は押上村《おしあげむら》の真法寺《しんぽうじ》の賭場だそうです」

「押上村の真法寺だな」

「へい……」

亀吉は頷いた。

「長次さん……」

「平八郎さん、先ずは、その噂が本当かどうかですぜ」

長次は笑った。

「ええ……」

平八郎は頷いた。

「じゃあ、あっしと亀吉は神田鍛冶町の鍵清を当たりますぜ」

伊佐吉は酒を飲んだ。

「じゃあ俺は、押上村の真法寺の賭場に行ってみる」

平八郎は、己のやる事を決めた。

「お供しますよ」

長次は、猪口の酒を飲み干した。

「ありがたい。宜しく頼みます」

「処で平八郎さん、おちよに頼まれた父親捜し、給金、一日幾らですか……」

「後にも先にも文銭十枚、十文だ……」

「十文……」

亀吉は驚いた。

「銭十文で引き受けたんですかい」

伊佐吉は戸惑った。

「ああ。病の母親と小さな弟を抱えたおちよが、子守りやお店の下女働きをして漸《ようや》く貯めた大金だよ」

「平八郎は、熱くなった目頭を隠すように酒を飲んだ。

「平八郎さんらしいですねえ……」

長次は、微笑みながら平八郎に酌をした。

「冗談じゃあない。俺は十歳の小娘からも遠慮なく金を取る食詰め浪人だよ」

平八郎は苦笑した。


大川には様々な船が行き交っていた。

平八郎と長次は、吾妻橋の西詰で落ち合って本所押上村に向かった。

吾妻橋を渡って本所中ノ郷瓦町《なかのごうかわらちょう》を抜けると、横川《よこかわ》に架かる業平橋《なりひらばし》へと出る。その業平橋を渡ると遠江《とおとうみ》国横須賀《よこすか》藩三万五千石の西尾《にしお》家抱屋敷になり、前を抜けると本所押上村だった。

平八郎と長次は、押上村の緑の田畑の中の田舎道《いなかみち》を進み、雑木林に囲まれた真法寺に出た。

真法寺は古い寺であり、裏には古い家作があった。

「あの家作が賭場のようですね」

長次は睨んだ。

「ええ……」

長次の睨みに間違いはない。

平八郎は頷いた。

真法寺は、訪れる者もいなく田畑の中にひっそりと建っていた。

平八郎と長次は、真法寺の周囲の百姓や通り掛かった行商人に聞き込みを掛けた。

真法寺は五年前迄は無住の荒れ寺だったが、中年の雲水《うんすい》が棲《す》み着いた。その中年の雲水が、今の住職の龍光《りゅうこう》だった。

龍光は、若い寺男を雇った。

「荒れ寺だった真法寺に、素性の良く分からない住職か。檀家《だんか》になる者は滅多にいないだろうな」

平八郎は読んだ。

「ま、だから、家作を博奕打ちに貸して、寺銭を稼いでいるんでしょうね」

長次は苦笑した。

檀家が少ないのは、お布施《ふせ》が少ないと云う証《あかし》だ。

「さあて、真法寺の賭場、何処の博奕打ちが仕切っているのか……」

「うん……」

平八郎と長次は、聞き込みを続けた。

田畑の緑は、吹き抜ける風に大きく揺れた。


日本橋《にほんばし》の通りは、様々な人が忙しく行き交っていた。

伊佐吉と亀吉は、浅草御門前から馬喰町《ばくろちょう》と小伝馬町《こでんまちょう》を抜け、日本橋の通りの十軒店本石町《じっけんだなほんこくちょう》に出て北に進んだ。

本銀町《ほんしろがねちょう》、今川橋《いまがわばし》跡、そして神田鍛冶町一丁目になる。

錠前屋『鍵清』は、鍛冶町一丁目の裏通りにあった。

伊佐吉は、亀吉を『鍵清』の周囲に聞き込みに走らせ、鍛冶町の木戸番を訪れた。

木戸番は町内に雇われており、店は自身番の向かい側にあった。

その役目は町木戸の開け閉めの管理、夜廻りなどだが、時には捕物の手伝いをする事もあった。

木戸番の店先には、草鞋《わらじ》、炭団《たどん》、菅笠、渋団扇《しぶうちわ》などの荒物《あらもの》が売られていた。

伊佐吉は、店の奥の居間の框に腰掛け、木戸番の金八《かねはち》の出してくれた茶をすすった。

「そうか。鍵清に不審な処はないか……」

「へい。清五郎《せいごろう》の親方や職人たちにも妙な噂のある者はいませんが……」

金八は、戸惑ったように応じた。

「じゃあ、幸助ってのを知っているかい」

伊佐吉は本題に入った。

「行方知れずになった幸助さんですか……」

金八は、幸助を知っていた。

「ああ。幸助、どんな男だったか覚えているかい」

「はい。幸助さんは、鍵清でも一番の錠前職人でしたよ」

「腕の良い錠前職人ねえ……」

「ええ。それに随分と女房子供を可愛がっていましたよ。仕事が終わると、仲間と酒も飲まずに真っ直ぐ家に帰りましてね」

金八は、懐かしそうに告げた。

「そうか……」

幸助は、腕の良い錠前職人であり、女房子供に優しい夫で父親だった。

「それなのにどうしちまったんでしょうねえ」

金八は、幸助に同情した。

「幸助が行方知れずになる頃、身の廻りに何か変わった事はなかったかな」

「さあ、そこ迄は。それに半年も前の事ですから……」

金八は首を捻った。

「親分……」

亀吉が、店先から呼んだ。

「おう。何か分かったか……」

伊佐吉は、奥から店先に出た。

「はい。幸助さんが姿を消した頃、鍵清の近くの小料理屋にお店の御隠居風の客が何度か来たそうなんですが、そいつの人相風体が夜狐の藤吉に良く似ているんです」

亀吉は意気込んだ。

「その隠居、今は……」

「そいつが、幸助さんが姿を消してから、ぱったり来なくなったそうです」

「夜狐の藤吉かもしれねえな……」

伊佐吉は睨んだ。

「はい……」

亀吉は頷いた。

夜狐の藤吉は、腕の良い錠前職人の幸助に逢いに来ていたのかもしれない。

幸助と藤吉は近付いた……。

伊佐吉は、微かな緊張を覚えた。

「よし。そろそろ鍵清に行ってみるか……」

伊佐吉は、錠前屋『鍵清』の親方清五郎や職人に訊く事にした。

陽は西に大きく傾いた。

押上村の真法寺には、時折、行商人が訪れるぐらいだった。

賭場を開帳している胴元が何処の誰か、近所の聞き込みだけでは分からなかった。

平八郎は、微かな焦りを感じた。

「ま。賭場が開けば分かりますよ」

長次は笑った。

平八郎と長次は、木陰から真法寺を見張った。

「さあて、賭場が開帳する迄には未だ間がある。腹拵えに行きますか」

平八郎は、長次を誘った。

「平八郎さん、真法寺に来た行商の薬売りを覚えていますか……」

「えっ、ええ……」

「あの薬売り、未だ出て来ませんぜ」

長次は眉をひそめた。

「出て来ない……」

平八郎は戸惑った。

「ええ。入って半刻は過ぎています。行商の薬売りが、普通そんなに長居をしますかね」

長次の眼が鋭く光った。

普通、行商人が半刻も長居する事はない。

あるとすれば、余程に親しい間柄と云える。

平八郎は、行商の薬売りが真法寺に来たのは覚えていたが、いつ帰ったかどうかは覚えていなかった。

平八郎は、長次の睨みの鋭さを知ると同時に、己の迂闊《うかつ》さを恥じた。

「そうか……」

「ひょっとしたら賭場の客かもしれないな」

「客にしちゃあ早過ぎますが、もしそうだとしたら賭場を開いている胴元は、真法寺かもしれませんね」

長次は、厳しさを滲ませた。

「胴元は真法寺……」

平八郎は眉をひそめた。

「ええ。住職の龍光、正体は博奕打ちなのかもしれませんよ」

長次は薄く笑った。

「そうか……」

平八郎は、真法寺を見据えた。

「じゃあ、お気を付けて……」

薬売りの行商人が、若い寺男と共に真法寺から出て来た。

平八郎と長次は、木陰に身を潜めた。

薬売りの行商人は、若い寺男に見送られて横須賀藩西尾家抱屋敷の方に去った。

若い寺男は、辺りを見廻して真法寺に戻って行った。

「よし、ちょいと追ってみる」

平八郎は木陰から出た。

「日暮れ迄には戻って下さい」

「心得た」

平八郎は、薬売りの行商人を追った。

長次は見送った。

平八郎は、田舎道を急いだ。

薬売りの行商人は、西尾家抱屋敷の前から横川に架かる業平橋に差し掛かっていた。

追い付いた……。

平八郎は、充分な距離を取って慎重に薬売りの行商人を尾行した。

薬売りの行商人は、業平橋を渡って中ノ郷瓦町を吾妻橋に向かった。

その間、薬売りの行商人は、何処かに寄る気配は欠片《かけら》程も見せなかった。

平八郎は追った。

神田鍛冶町錠前屋『鍵清』の親方清五郎は、伊佐吉と亀吉を座敷に通して茶を出した。

清五郎は、幸助が姿を消してから三ヶ月の間、おちよたち残された家族の面倒を見た。

「だけど、うちも苦しくてねえ……」

清五郎は、深々と吐息を洩らした。

伊佐吉は、幸助について尋ねた。

「さあ、変わった様子と云っても、取立ては……」

清五郎は首を捻った。

「ありませんでしたかい……」

「ですから、不意にいなくなった時にはあっしも驚いてね」

清五郎は、半年前を思い出すように告げた。

「職人たちもかな……」

「ええ。四人いるんですがね。皆、どうしたんだと、そりゃあもう……」

清五郎は、半年前の驚きを思い出していた。

『鍵清』の清五郎と職人たちは、誰一人として幸助の様子に不審を抱いていなかった。

幸助の知らない処で何かが起こり、その身に降り懸《かか》った……。

伊佐吉は睨んだ。

「親方、幸助さんがいなくなった頃、歳は五十位で背丈は五尺一寸、目方は二十貫程の余り見掛けない野郎が、界隈を彷徨《うろつ》いちゃあいなかったかな……」

「背丈は五尺一寸、目方は二十貫、五十歳位の見掛けない野郎ねえ……」

「ええ。聞く処によれば、お店の隠居風だって話なんだがね」

「隠居風……」

清五郎は眉をひそめた。

「ええ……」

「確か幸助、何処かの御隠居さんと知り合いになったと云っていたな」

清五郎は思い出した。

「知り合いになった……」

「幸助はその頃、小舟町《こぶなちよう》の借家住まいでしてね。家に帰る途中、御隠居さんに道を訊かれて案内し、知り合ったそうですぜ」

「で、親方、その隠居、何処の誰か……」

「さあ、そこ迄は……」

清五郎は首を横に振った。

「幸助さん、何か他に隠居の事は……」

「何も云っていなかったと思いますぜ」

清五郎は首を捻った。

「そうか……」

幸助は、行方知れずになる前、隠居風の男と知り合いになっていた。それは、隠居の方から近付いたようにも思えた。

隠居は、盗賊の夜狐の藤吉なのかもしれない。

だとしたら、藤吉は何らかの狙いがあって幸助に近付いたのだ。

狙いとは何か……。

伊佐吉は思いを巡らせた。

三

浅草広小路は賑わっていた。

薬売りの行商人は、広小路の賑わいを抜けて東本願寺《ひがしほんがんじ》裏門前の茶店の裏庭に廻った。そして、裏庭にある納屋に入った。

平八郎は見届けた。

薬売りの行商人は荷物を置き、手桶を持って井戸端に出て来た。

平八郎は、井戸端で水を汲んでいる薬売りを見守った。

薬売りは、手桶に水を汲んで納屋に戻った。

納屋で暮らしている……。

平八郎は睨んだ。

行商人が、日が暮れる前に家に帰る事など滅多にない。

薬売りは、本当の行商人ではないのかもしれない。

だったら何者なんだ……。

平八郎は眉をひそめた。

東本願寺の鐘が暮六つを告げ、日暮れの近いのを教えた。

戻らなければ……。

平八郎は、本所押上村の真法寺に急いだ。


日暮れが近付いた。

押上村の真法寺は夕陽に照らされた。

博奕打ちの三下たちがやって来て、家作に出入りして賭場を開く仕度を始めた。

何処の身内だ……。

長次は、三下たちに見覚えのある顔を捜した。だが、知っている者はいなかった。

胴元や壺振りたちが来るのを待つしかない……。

長次は、木陰に身を潜めて待った。

「長次さん……」

平八郎が、背後に広がる田畑の畦道《あぜみち》から戻って来た。

「どうでした……」

「薬売り、行商人じゃあないかもしれないです」

「ほう……」

長次は眉をひそめた。

「ええ。奴は……」

平八郎は、薬売りの行商人が東本願寺裏門前の茶店の納屋で暮らしているのを告げた。

「成る程……」

長次は頷いた。

「で、こっちは……」

「胴元や壺振りらしい奴らは未だ来ちゃあいませんよ」

「そうですか。じゃあ今の内に腹拵えといきましょう……」

平八郎は、腰に結びつけていた風呂敷包みを解いた。

中には握り飯と漬物が入っていた。

「こいつは、ありがてえ……」

平八郎と長次は、真法寺を見張りながら握り飯を食べた。

陽はゆっくりと沈み、押上村の田畑は夕闇に覆《おお》われた。

数人の男たちが、夕闇の田舎道をやって来た。

「長次さん……」

平八郎と長次は、夕闇の田舎道に眼を凝らした。

男たちは、真法寺の山門を潜って裏手の家作に入って行った。

長次は苦笑した。

「知っている奴らでしたか……」

「ええ。博奕打ちの貸元の竜造《りゅうぞう》と壺振りの朝吉《あさきち》って野郎です」

「じゃあ、真法寺の賭場の胴元は、竜造って奴なのか……」

「間違いありませんよ」

長次は頷いた。

「竜造、夜狐の藤吉と拘わりはあるのかな」

平八郎は眉をひそめた。

「さあ。そんな噂、聞いた事もありませんが、所詮は博奕打ちと盗人の陸《ろく》でなし同士、何処でどう繋がっているやら……」

長次は、嘲りを浮かべた。

「成る程……」

平八郎は、長次の冷めた見方に苦笑した。

「ま、肝心なのは夜狐の藤吉が来るかどうかです」

「ええ。来ればいいのだが……」

「来ない時は、胴元の竜造を締め上げる迄ですよ」

長次は、小さく笑った。

時は過ぎ、賭場の客らしき商家の旦那が町駕籠《まちかご》でやって来た。

背丈は五尺一寸、目方は二十貫、五十歳程の男……。

平八郎と長次は、やって来る客に夜狐の藤吉と思われる男を捜した。


居酒屋『花や』は、馴染客で賑わっていた。

女将のおりんは、湯気を漂わす徳利を奥の部屋に運んだ。

「お待たせ致しました」

奥の部屋には、伊佐吉と南町奉行所定町廻り同心の高村源吾がいた。

「どうぞ……」

おりんは、高村に酌をした。

「うむ。相変わらずの繁盛だな」

高村は、おりんの酌を受けた。

「お陰さまで……」

おりんは微笑み、伊佐吉の猪口にも酒を満たした。

「平八郎さんから何か繋ぎはあったかな」

伊佐吉は、おりんに尋ねた。

「いいえ、別に何も……」

おりんは、首を横に振った。

「そうか……」

平八郎と伊佐吉は、おりんを通して連絡を取り合う事があった。

平八郎は、長次と一緒に本所押上村の真法寺の探索を続けている。

伊佐吉は読んだ。

「じゃあ、ごゆっくり……」

おりんは、盆を持って奥の部屋から出て行った。

「で、伊佐吉、用ってのはなんだい」

高村は酒を飲んだ。

「そいつですが、盗賊の夜狐の藤吉の事なんです……」

「夜狐の藤吉……」

高村は眉をひそめた。

「はい」

「藤吉がどうかしたかい……」

「近頃、何処で押し込みを……」

「一ヶ月程前、甲府《こうふ》の地金屋に押し込み、五百両分の金を盗みやがったそうだ」

高村は、腹立たしげに吐き棄てた。

「五百両分の金ですか……」

伊佐吉は驚いた。

「ああ。見事にやられた」

「ですが、地金屋で五百両分の金ともなれば、そう簡単には……」

「そいつが、何重にも掛けられた錠前が悉《ことごと》く破られていたそうだ」

「何重にも掛けられた錠前が……」

伊佐吉は驚いた。

「ああ。それも壊されたんじゃあなく、見事に開けられていたとか……」

高村は、猪口の酒を飲み干した。

「錠前が開けられていた……」

伊佐吉は眉をひそめた。

錠前職人の幸助……。

伊佐吉は、不吉な予感を覚えた。

「合鍵を使ったのか、一味に錠前職人がいるのか、まったく鮮やかなものだぜ」

「旦那、そいつが夜狐の藤吉の一ヶ月前の押し込みですか……」

伊佐吉は、高村の猪口に酒を満たした。

「ああ。今の処、南町奉行所に報されているのはそれだけだが、他に何をしているか……」

高村は、猪口の酒を呷った。

「そうですか……」

「で、一件はなんだい」

高村は、伊佐吉を見据えた。

「旦那、申し訳ありませんが、もう少し待って下さい」

伊佐吉は、猪口を置いて頭を下げた。

平八郎が、一件にどんな始末を付けるつもりなのか分からない。定町廻り同心の高村に報せるのは、平八郎の許しを得てからだ。

「平八郎の旦那、絡んでいるんだな……」

高村は、鋭い睨みをみせた。

「はい」

伊佐吉は頷いた。

「そして、盗賊の夜狐の藤吉か……」

高村は苦笑した。

「左様……」

伊佐吉は、高村を見つめて頷いた。

「よし、分かった。いざって時は呼んでくれ」

高村は頷いた。

「申し訳ありません」

伊佐吉は詫び、高村の猪口に酒を満たした。

馴染客とおりんの笑い声が、店から楽しげに溢れてきた。

押上村真法寺の家作の賭場は賑わい、男たちの熱気と煙草の煙が溢れていた。

賭場が開かれて一刻が過ぎ、新たにやって来る客も途絶えた。

やって来た客に、夜狐の藤吉らしき者はいなかった。

「藤吉、来ませんでしたね」

平八郎は吐息を洩らした。

「ええ。こうなりゃあ、元締の竜造に訊くしかありませんね」

長次は苦笑した。

「じゃあ行きますか……」

「ええ……」

平八郎と長次は、貸元の竜造に訊く手筈を相談し、真法寺の家作の賭場に入り込んだ。

平八郎は、盆茣蓙を囲んでいる客たちに夜狐の藤吉らしき者がいないか確かめた。

しかし、藤吉らしき者はやはりいなかった。

平八郎は、盆茣蓙の末席に連なって駒を張った。

胴元の席には貸元の竜造が座り、朝吉が下帯一本で壺を振っていた。

四半刻が過ぎた頃、竜造は傍にいた博奕打ちに何事かを囁いて座を立った。

平八郎は、盆茣蓙を離れて竜造を追った。

竜造は、厠《かわや》に入った。

平八郎は見張った。

「厠ですかい……」

長次が現れた。

「ああ……」

「じゃあ、出て来た処で訊いてみましょう」

「心得た」

平八郎は頷いた。

僅かな刻が過ぎ、竜造が厠から出て来た。

「暫くだな貸元……」

長次は、竜造の前に立ち塞がった。

「こりゃあ、長次の兄い……」

竜造は、微かに滲んだ狼狽を作り笑いで素早く隠した。

「派手にやっているじゃあねえか……」

「ああ。お陰さまでな……」

寺は寺社奉行の管轄であり、町奉行所の支配は及ばない。

竜造は、それを見越していた。

「ま、お上の御定法はそうだが、賭場荒しには拘わりのねえ事だ」

長次は嘲笑を浮かべた。

「賭場荒し……」

竜造は、不安を過らせた。

刹那、平八郎が竜造の背後に現れ、脇差を脇腹に突き付けた。

竜造は息を飲んだ。

「訊いた事に素直に答えれば、賭場を荒らされる事も命を落とす事もねえ……」

長次は、押し殺した声で囁いた。

「う、うむ……」

竜造は、喉を鳴らして頷いた。

「盗賊の夜狐の藤吉、この賭場に来ているそうだな」

「夜狐の藤吉……」

竜造は戸惑った。

「ああ。惚けたって無駄だぜ」

長次はせせら笑った。

平八郎は、脇差を無造作に動かした。

着物が音もなく斬り裂かれ、素肌に刃の冷たさが走った。

冷たさは走ったが、肌に痛みや痒《かゆ》さは感じなかった。

斬り裂くのを着物一枚で止めている。

竜造は、浪人の剣の腕の凄まじさに気が付いた。

「や、やめてくれ……」

竜造は、顔色を変えて震え、嗄れた声を引き攣らせた。

「夜狐の藤吉の事、教えて貰おうか……」

「藤吉は以前、一度だけ賭場を覗いたが、それっきりだ」

「覗いた……」

「ああ……」

「博奕で遊びはしなかったのか……」

長次は戸惑った。

「長次の兄い。実はな、この真法寺の龍光と寺男の政吉《せいきち》、藤吉の一味の盗人だ」

竜造は声をひそめた。

「なに……」

長次と平八郎は驚いた。

「夜狐の藤吉、この寺で一味の者に繋ぎを取り、盗品の隠し場所にしているんだよ」

竜造は、恐ろしげに眉をひそめて囁いた。

「竜造、今の話に間違いはねえんだな」

長次は念を押した。

「此処の賭場も切り上げ時だからな」

竜造は、引き攣ったような笑みを浮かべた。

「ああ。明日にでもそうした方が無事に済むだろうな」

長次はせせら笑った。

真法寺が盗賊一味に拘わりがあるとなれば、寺社奉行は勿論、町奉行所や火付盗賊改方も黙ってはいない。そして、家作で賭場を開いている竜造も只では済まないのだ。

「長次の兄い、あっしが知っているのは、それ位だぜ」

「竜造。昼間、龍光の処に薬売りの行商人が来ていたが……」

平八郎は訊いた。

「ああ。あの薬売りは、源七《げんしち》って野郎で藤吉の手下ですぜ」

「やっぱりな……」

平八郎と長次は顔を見合わせた。

「貸元……」

博奕打ちの三下が、怪訝な顔を見せた。

「おう。今行く」

竜造は、怒ったように告げた。

「へい……」

三下は慌てて顔を引っ込めた。

「長次の兄い……」

竜造は、微かな焦りと苛立ちを窺わせた。

「ああ。造作を掛けたな。じゃあ……」

長次と平八郎は、素早く身を翻して家作から出て行った。

竜造は、疲れ果てたように壁に寄り掛かり、大きな吐息を洩らした。


平八郎は、伊佐吉、長次、亀吉と摑んだ情報を教え合った。

伊佐吉は、幸助が大店の隠居と知り合いになり、甲府の地金屋が夜狐の藤吉一味に押し込まれ、厳重な錠前を破られた事を話した。

「藤吉一味に腕の良い錠前職人がいるかもしれないか……」

平八郎は眉をひそめた。

「ええ……」

伊佐吉は頷いた。

「幸助かな……」

平八郎は、吐息混じりに伊佐吉の睨みを訊いた。

「きっと……」

「幸助に近付いた隠居、夜狐の藤吉ですね」

長次は睨んだ。

「ええ……」

おちよの父親の幸助は、腕の良い錠前職人だった事が仇《あだ》になって盗賊夜狐の藤吉に一味に引きずり込まれた。そして、おそらく夜狐の藤吉の許に捕らえられているのだ。

家族四人、慎《つつ》ましく幸せに暮らしていたのに……。

平八郎は、幸助が哀れになり、夜狐の藤吉に怒りを覚えた。

長次は、押上村の真法寺の住職の龍光と寺男の政吉が夜狐一味であり、他に薬売りの行商人を装っている源七がいるのを告げた。

「となると、真法寺の龍光と政吉、東本願寺門前の茶店にいる源七を見張り、藤吉の許に行くのを待ちますか……」

伊佐吉は、これからの探索の手筈を考えた。

「それしかあるまいが、奴らが藤吉の許に行くのを黙って待つのもな……」

平八郎は、微かな苛立ちを過らせた。

「ですが、焦りは禁物ですぜ」

長次は、厳しさを漂わせた。

焦って下手に動けば、夜狐の藤吉は幸助を始末して逃亡するかもしれない。

「うむ……」

平八郎は、頷くしかなかった。

「ま、そいつは様子を見てからにしましょう」

伊佐吉は小さく笑った。

「ああ……」

「じゃあ、あっしと亀吉は、押上村の真法寺の龍光と政吉を見張りますぜ」

「じゃあ、俺と長次さんは、薬売りの源七を見張ろう」

「承知……」

長次は頷いた。

平八郎、伊佐吉、長次、亀吉は、手筈を決めてそれぞれの探索に就いた。

四

浅草東本願寺門前の茶店は、墓参りの客も少なく静かだった。

茶店の裏の納屋には、薬売りの行商人を装った夜狐一味の源七が住んでいた。

平八郎と長次は茶店を見張り、源七が動くのを待った。

巳《み》の刻四つ（午前十時）が過ぎた頃、茶店の裏手から薬売り姿の源七が出て来た。

源七が動く……。

平八郎と長次は見守った。

「じゃあ、行って参ります」

源七は、茶店の老亭主に挨拶をした。

「ああ。気を付けて行っておいで……」

「へい……」

源七は、老亭主に見送られて出掛けた。

「長次さん……」

「先ずはあっしが先に追います。平八郎さんはあっしの姿が見えなくなったら、源七との間を詰めて下さい」

「心得た」

長次は、源七を追った。

平八郎は、距離を取って続いた。

源七は、浅草広小路の雑踏《ざっとう》を抜けて吾妻橋に向かった。

長次は、源七との距離を保って進んだ。

源七は、時々立ち止まり、振り返りながら進んだ。

尾行を警戒している……。

長次は、源七の動きを読んだ。

薬の行商に行くのに、尾行を警戒する必要はまったくない。

尾行られては困る処に行く……。

長次は睨んだ。

大川は滔々と流れ、様々な船が行き交っていた。

源七は、大川に架かる吾妻橋を渡った。そして、源兵衛堀《げんべえぼり》に架かる源兵衛橋を渡り、常陸国《ひたち》水戸《みと》藩江戸下屋敷の前に向かった。

行き先は向島《むこうじま》だ……。

長次は読んだ。

行き交う人々は減った。

源七は、相変わらず尾行者の警戒をしていた。

そろそろ交代する潮時だ……。

長次は、背後を一瞥した。

追って来る平八郎の姿が見えた。

長次が振り向き、水戸藩江戸下屋敷の脇の道に入った。

交代だ……。

平八郎は、足取りを速めた。

土手道を行く源七の後ろ姿が見えた。

源七は、三囲《みめぐり》神社や竹屋《たけや》の渡《わたし》の前を抜けて尚《なお》も進んだ。

平八郎は尾行た。

源七は、長命寺《ちょうめいじ》の手前で立ち止まって辺りを油断なく見廻し、小川沿いの道に素早く曲がった。

平八郎は、源七との距離を詰めた。

隅田川から東に続く小川沿いの道の周囲には、緑の田畑が広がっていた。

見通しが良過ぎる……。

平八郎は、充分に距離を取って慎重に源七を尾行た。

風が吹き抜け、田畑の緑が小波のように揺れた。

やがて小川は、向島の田畑を南北に貫いている流れと交差する。

交差する処に大きな茅葺《かやぶき》屋根が見えた。

源七は道端にしゃがみ込み、草鞋の紐を締め直しながら来た道を振り返った。

身を隠す間はなかった。

平八郎は歩みを止めず、そのまま進んだ。

「お邪魔しておりやす」

源七は、草鞋の紐を直し続けながら平八郎に会釈をした。

「うん……」

平八郎は、屈託のない面持ちで源七の背後を通り過ぎた。

源七は、俯いたまま平八郎の通り過ぎるのを待った。

平八郎は通り過ぎて行った。

小川沿いの道を来る者はいない……。

源七は見定め、大きな茅葺屋根の屋敷に急いだ。

大きな茅葺屋根の屋敷は、丈のある茨垣《いばらがき》で囲まれ、正面には木戸門があった。

源七は、素早く茅葺屋根の木戸門を潜った。

小川の対岸の道に長次が現れた。

長次は、源七の尾行を平八郎に任せた後、田畑の畦道を追って来たのだ。

平八郎が、小川に架かっている小橋を渡って駆け寄って来た。

「源七は……」

「そこの屋敷に入りましたよ」

「やはり……」

平八郎は、安堵の吐息を洩らした。

長次は、辺りを見廻した。

小川には小さな桟橋があり、屋根船が係留されていた。

「この屋敷の持ち船かもしれませんぜ」

「ええ……」

「じゃあ、ちょいと聞き込んで来ます」

長次は、平八郎を見張りに残して聞き込みに行った。

平八郎は、小川の流れ越しに茅葺屋根の屋敷を窺った。

茅葺屋根の屋敷は、おそらく庄屋か大百姓の屋敷を改築したものだ。

此処が夜狐の藤吉の隠れ家だったら、おちよの父親の幸助もいるのかもしれない……。

平八郎は、茅葺屋根の屋敷を見つめた。

押上村の真法寺は静けさに包まれていた。

伊佐吉と亀吉は、住職の龍光と寺男の政吉の動きを見張った。

龍光と政吉に動きはなかった。

「親分、このままじゃあ、中々埒《らち》が明きませんね」

亀吉は眉をひそめた。

「ああ。よし……」

伊佐吉は、冷笑を浮かべた。

茅葺屋根の屋敷から、源七が出て来る気配はなかった。

長次が、聞き込みから戻って来た。

「誰の屋敷か分かりましたか……」

「ええ。長命寺門前の茶店の婆さんに訊いたんですが、新両替町《しんりょうがえちょう》の呉服問屋の隠居の屋敷だとか……」

長次は苦笑した。

「隠居ですか……」

「ええ。いつも屋根船で出入りしているので、詳しくは分からないそうですが、歳の頃は五十過ぎで、背丈は五尺ちょい。恰幅《かっぷく》の良い隠居だとか……」

長次は、小川の桟橋に繋がれている屋根船を一瞥した。

「人相風体はほぼ夜狐の藤吉ですね……」

平八郎は、緊張を滲ませた。

「ええ。屋敷には隠居の他に板前夫婦と船頭を兼ねた下男。それに浪人が二人。都合六人いるそうですよ」

「浪人が二人……」

平八郎は眉をひそめた。

「おそらく用心棒ですぜ」

長次は睨んだ。

「呉服問屋の隠居に用心棒とはな……」

真っ当な商人の隠居が、日頃から用心棒を雇っている筈はない。

「語るに落ちるってやつですか……」

長次は嘲笑を浮かべた。

「ええ。だが、そうなると下手には踏み込めませんね……」

「ええ……」

平八郎と長次は、茅葺屋根の屋敷を見つめた。

伊佐吉は、亀吉を従えて真法寺の庫裏《くり》の腰高障子を叩いた。

「どちらさまにございますか……」

寺男の政吉が、腰高障子を開けて顔を出した。

「やあ……」

伊佐吉は、懐の十手を見せた。

政吉は、微かに狼狽《ろうばい》した。

「俺の顔、何かおかしいかい……」

伊佐吉は眉をひそめた。

「いえ。御無礼致しました」

政吉は、狼狽を隠し、慌てて詫びた。

「そうか。で、今日来たのは他でもねえ。この辺りで夜狐の藤吉って盗賊を見掛けたって届けがあってな。この野郎なんだが、心当りはねえか」

伊佐吉は、政吉に夜狐の藤吉の人相書を見せた。

「は、はい……」

政吉は、戸惑いながら人相書を見た。

「どうだ、見掛けた事はねえか……」

「さあ……」

政吉は、怯えを滲ませて首を横に振った。

「そうか。知らねえか……」

「へい」

「手下の野郎も薬売りに化けて、この界隈を彷徨いてな……」

伊佐吉は、嘲笑を浮かべた。

政吉は、思わず表情を強張らせた。

「見掛けたらさっさと町奉行所に報せるんだぜ。良いな」

伊佐吉は、政吉を厳しく一瞥して踵を返した。

亀吉は、薄暗い庫裏の中を鋭く見廻して伊佐吉に続いた。

「御苦労さまにございました」

政吉は、深々と頭を下げて見送った。

「どうした政吉……」

政吉は振り返った。

住職の龍光が、庫裏の暗がりに厳しい面持ちで佇んでいた。


「さあて、どう出るか……」

伊佐吉は笑った。

「親分の狙い通り、夜狐の藤吉の処に報せに行けば良いんですがね」

亀吉は、真法寺を見つめた。

僅かな刻が過ぎた。

饅頭笠《まんじゆうがさ》を被った托鉢《たくはつ》坊主が、菅笠を被った政吉と共に真法寺から出て来た。

「親分……」

亀吉は、微かに声を弾ませた。

「ああ。托鉢坊主、龍光の野郎だぜ」

「はい。外道《げどう》、狙い通り動きやがった」

亀吉は、嬉しげに頷いた。

真法寺を出た龍光と政吉は、足早に横川に向かった。

「亀、相手は盗賊だ。油断するなよ」

「合点です」

伊佐吉と亀吉は、龍光と政吉を慎重に尾行し始めた。

龍光と政吉は、横川に架かる業平橋に出た。

業平橋を渡り、真っ直ぐ進むと本所中ノ郷となり吾妻橋になる。南に向かうと竪川《たてかわ》や深川《ふかがわ》であり、北に向かうと小梅村《こうめむら》や向島だ。

龍光と政吉は業平橋を渡らず、横川沿いの道を北に足早に進んだ。

伊佐吉と亀吉は追った。

「何処に行くんですかね」

「このまま行けば小梅村に向島か……」

伊佐吉は眉をひそめた。

寺嶋村《てらじまむら》の茅葺屋根の屋敷に動きはなかった。

「くそっ……」

平八郎は焦《じ》れた。

「平八郎さん、焦《あせ》りは禁物。源七が入った切り出て来ないのは、頭の夜狐の藤吉がいる証ですぜ」

長次は笑った。

「ま、それはそうかもしれませんが……」

平八郎は、苛立たしげな吐息を洩らした。

「平八郎さん……」

長次は眉をひそめ、小川と南北に交差している流れを示した。

流れ沿いの道から、饅頭笠を被った托鉢坊主と菅笠を被った男がやって来た。

平八郎と長次は、草むらに身を潜めて見守った。

托鉢坊主と菅笠を被った男は、流れ沿いの道から小川に架かる小橋を渡り、茅葺屋根の屋敷に入って行った。

「長次さん……」

平八郎は、追って来た伊佐吉と亀吉に気が付いた。

伊佐吉と亀吉は、小橋の袂から茅葺屋根の屋敷を眺めていた。

長次は、小石を拾って小橋の下の小川に投げた。

小石は小さな音と水飛沫をあげた。

伊佐吉と亀吉は、平八郎と長次に気付いて駆け寄った。

「真法寺の龍光と政吉か……」

平八郎は、真法寺を見張っている筈の伊佐吉と亀吉が現れた理由を読んだ。

「ええ。ちょいと脅しを掛けたら、すぐ此処に来ましたよ」

伊佐吉は笑った。

「そうか……」

「平八郎さんと長さんがいる処をみると、源七の野郎も此処に……」

伊佐吉は眉をひそめた。

「うん……」

平八郎は頷いた。

「さあて、夜狐の藤吉、親分の脅しにどう出るか」

長次は笑った。

「親分……」

茅葺屋根の屋敷を見張っていた亀吉が、緊張に嗄く声を嗄らした。

平八郎、伊佐吉、長次は、身を潜めて茅葺屋根の屋敷を見た。

隠居風の男が、櫓を担いだ船頭と茅葺屋根の屋敷から出て来た。

「夜狐の藤吉……」

平八郎は喉を鳴らした。

「ええ……」

伊佐吉は頷いた。

夜狐の藤吉は、屋根船に乗り込んだ。

二人の浪人が、ふらつく足取りの背の高い痩せた男を連れて来た。

幸助……。

平八郎の直感が告げた。

夜狐の藤吉は、幸助を連れて江戸から早々に逃げ出そうとしているのだ。

平八郎は睨んだ。

「平八郎さん……」

伊佐吉は焦った。

「おのれ、逃がしてなるものか……」

平八郎は、刀を抜き払って土手を蹴り、屋根船に飛んだ。

二人の浪人は驚いた。

刹那、平八郎が刀を閃かせながら屋根船に飛び降りた。

二人の浪人は、首の血脈を刎《は》ね斬られ、血を振り撒いて小川に落ちた。

神道無念流の鮮やかな一太刀だった。

伊佐吉が、平八郎に続いて屋根船に飛び乗り、夜狐の藤吉に襲い掛かった。

「お頭……」

船頭が、慌てて藤吉を助けようとした。

屋根船の障子が砕け飛び、屋根が大きく傾いた。

「邪魔するな」

平八郎は、船頭の太股を斬った。

船頭は蹲《うずくま》り、気を失った。

「夜狐の藤吉、神妙にしやがれ」

伊佐吉は、藤吉を押さえ付け、十手で殴り飛ばして縄を打った。

平八郎は、障子の内に倒れている幸助を助け起こした。

「幸助さんか……」

「へ、へい……」

幸助は、無精髭の伸びた顔を苦しげに歪めて頷いた。

「おちよちゃんが待っているぞ」

「おちよが……」

幸助は驚いた。

「ああ。だからしっかりしろ……」

平八郎は、幸助を励ました。

「は、はい……」

幸助は頷いた。

「野郎……」

長次と亀吉が、匕首や長脇差を振り廻す源七、龍光、政吉たちと怒号をあげて渡り合っていた。

平八郎は屋根船を飛び降り、猛然と源七、龍光、政吉に襲い掛かった。

源七、龍光、政吉は逃げようとした。

「おのれ、逃がしてなるものか……」

平八郎は、追い縋って刀を煌めかせた。

源七、龍光、政吉は、一瞬にして崩れ落ちて気を失った。

「平八郎さん……」

長次は戸惑った。

「安心して下さい。峰打ちです」

平八郎は冷たく笑った。

長次と亀吉は、気を失っている源七、龍光、政吉に縄を打った。

平八郎と伊佐吉は、茅葺屋根の屋敷に駆け込んで行った。

盗賊夜狐の藤吉と一味の源七、龍光、政吉たちは捕らえられた。

伊佐吉は、南町奉行所定町廻り同心の高村源吾に報せ、夜狐の藤吉たちを茅場町《かやばちょう》の大番屋に引き立てた。

木戸の地蔵尊の頭は、陽差しを浴びて光り輝いていた。

平八郎は、町駕籠《かご》と共に帰って来た。

「御苦労だったな」

「へい」

駕籠舁《かごかき》たちは、町駕籠を降ろして垂れをあげた。

幸助が乗っていた。

「さあ、着いた。皆がまっているぞ」

「はい……」

平八郎は、駕籠舁に駕籠賃を払い、幸助を町駕籠から助け降ろした。

幸助は、長い間閉じ込められていて脚の筋肉が萎《な》えていた。

平八郎は、幸助に肩を貸した。

「大丈夫か……」

「はい。旦那、どうしてあっしを……」

「俺はおちよちゃんに雇われてな。お前を捜していたんだよ」

「おちよに雇われた……」

幸助は戸惑った。

「ああ。さあ、行こう……」

平八郎は、幸助に肩を貸してお地蔵長屋の木戸を潜った。

平八郎は、腰高障子を静かに叩いた。

「はい……」

おちよが返事をし、腰高障子を開けた。

「おちよ……」

幸助が、窶《やつ》れて無精髭に覆われた顔を綻ばせた。

「お父っつあん……」

おちよは、幸助を呆然と見つめた。

「ああ。おちよ……」

「お父っつあん……」

おちよは、涙を溜めて幸助に抱き付いた。

平八郎は、よろめく幸助を慌てて支えた。

「あっ、お父っちゃんだ……」

弟の直吉が、幸助に気付いて飛び付いた。

「おお、直吉……」

幸助は、おちよと直吉に抱き付かれて大きくよろめいた。

平八郎は、懸命に幸助を支えた。

「おちよ、直吉……」

幸助は、おちよと直吉を抱き締めて泣いた。

おちよと直吉は泣いた。そして、家の奥にいる母親と幸助も泣いた。

平八郎は支えた。


日は暮れた。

平八郎は、薄暗い己の家に戻り、大の字になって手足を伸ばした。

錠前職人の幸助は、夜狐の藤吉に腕の良さを気に入られ、盗賊の一味に誘われた。

幸助は断った。

「正体を知られて引き下がる訳にはいかねえ」

藤吉は、幸助を拉致《らち》した。そして、云う事を聞かなければ女房子供を殺すと脅し、甲府の地金屋の金蔵の錠前を破らせた。

高村源吾は事情を聞き、幸助を被害者だと認めて放免した。

平八郎は、幸助をお地蔵長屋に連れ帰った。

おちよの父親捜しは終わった。

腰高障子が小さく叩かれた。

「おう。開いているよ」

おちよが、腰高障子を開けて入って来た。

「やあ……」

「ありがとうございました……」

おちよは深々と頭を下げた。

「いや。お父っつあん、無事で良かったな」

「はい。何もかも矢吹さまのお陰です。これは、約束のお給金です」

おちよは、十枚の文銭を差し出した。

「そうか……」

如何に相手が子供でも約束は約束、受け取るのが礼儀だ。

「確かに……」

平八郎は、十枚の文銭を受け取った。

「じゃあ又、お父っつあんと一緒にお礼に来ます……」

おちよは、明るく微笑んで帰って行った。

平八郎は、十枚の文銭を見つめた。

銭十文……。

平八郎は、晩飯を食べにお地蔵長屋を出た。

長屋の家々は、明かりが灯されて楽しげな笑い声が洩れていた。

明かりと笑い声は、おちよの家からも洩れていた。

良かった……。

平八郎は、神田明神門前の居酒屋『花や』に行く事にした。

巾着に金は僅かしかない。

付けにして貰う……。

平八郎は、勝手にそう決めて明神下の通りに急いだ。

懐の中の巾着は軽かった。だが、巾着は中に入っている十枚の文銭のせいで温かい。

銭十文……。

温かい金だ。

平八郎は、居酒屋『花や』に急いだ。

第四話　助太刀《すけだち》

一

地蔵の頭は光り輝いていた。

手を合わせた平八郎は、地蔵の頭をさっと一撫でして長屋の木戸を出た。

明神下の通りは陽差しに溢れ、人々が忙しく行き交っていた。

平八郎は、明神下の通りを下谷広小路に向かった。

下谷広小路は、東叡山寛永寺や不忍池に訪れた人々で賑わっていた。

平八郎は、下谷広小路を囲む町の一つである上野新黒門町《しんくろもんちょう》の辻に佇《たたず》み、行き交う人々の賑わいを眺めた。

左頰に古い刀傷のある背の高い武士……。

口入屋の万吉は、下谷広小路を通るそうした武士を捜してくれと、平八郎に頼んだ。

「その武士、何処かの家中の者なのか……」

「きっと……」

「名は……」

「分かりません」

「分からぬ……」

平八郎は戸惑った。

「はい」

万吉は頷《うなず》いた。

「しかし何故、下谷広小路なのだ」

「捜している方が下谷広小路を上野新黒門町に行くのを見掛けたそうなんです」

「見掛けたと申しても、偶々《たまたま》通ったのかもしれぬ。雲を摑《つか》むような話だ。見つかるかな」

平八郎は首を捻った。

「その時はその時です。先ずは三日程見張ってみて下さい」

「一日中か……」

「いえ。その人が見掛けた時、寛永寺の鐘が未の刻八つ（午後二時）を鳴らしていたそうでしてね。午の刻九つ（午後十二時）から未の刻一杯（午後三時）迄の間でいいでしょう」

「そうか……」

二刻（四時間）の間、下谷広小路を通る左頬に古い刀傷のある武士を捜す。

「で、その古い刀傷のある武士を見つけたら密かに尾行《つけ》て、名前と家を突き止めて下さい」

万吉は告げた。

「そいつはいいが。そ奴、何をしたのだ」

「さあ、知りません」

万吉は首を捻った。

「知らない……」

平八郎は眉をひそめた。

「ええ。ま、いいじゃありませんか、仕事は左頬に古い刀傷のある武士を見つけて、名前と家を突き止めるだけなんですから……」

万吉は苦笑した。

苦笑した万吉の顔は、惚けた時の狸《たぬき》にそっくりだった。

「まあ、そりゃあそうだが……」

平八郎は、納得できない面持ちで頷いた。

「じゃあ、一日百文でお願いしますよ」

「一日百文……」

平八郎は、日当の安さに驚いた。

「ええ。三日で三百文ですね」

「そんな……」

平八郎は困惑した。

「平八郎さん、一日二刻の仕事ですよ」

万吉は、平八郎に冷たい眼を向けた。

「そうか、一日二刻だったな……」

平八郎は、頷くしかなかった。

下谷広小路は賑わっていた。

平八郎は、上野新黒門町の辻に佇んで二日が過ぎた。

左頬に古い刀傷のある武士は、容易に見つかりはしなかった。

万吉との約束は三日間だ。

平八郎は、最後である三日目の見張りを始めた。

時は過ぎ、東叡山寛永寺の鐘が未の刻八つを告げた。

後一刻……。

平八郎は、左頰に古い刀傷のある武士を捜した。だが、行き交う人々の中に捜す相手はいなかった。

半刻が過ぎた。

楽だが退屈な刻だった。

どうやら無駄な刻を過ごした……。

平八郎は、微かな苛立ちを覚えた。

だが、一日二刻で銭百文、三日で三百文の稼ぎにはなる。

ま、いいか……。

平八郎は苦笑し、己をそう納得させるしかなかった。

塗笠を被った武士が、広小路から上野新黒門町の辻に向かってやって来た。

平八郎の勘が動いた。

ひょっとしたら……。

平八郎は、咄嗟に腰に下げていた古手拭を丸めて素早く頭上に放り投げた。

古手拭は、塗笠を被った武士の頭上に飛んだ。

武士は塗笠をあげ、頭上を飛ぶ古手拭を見上げた。

武士の左頰には、古い刀傷があった。

見つけた……。

平八郎は、左頰に古い刀傷のある武士を漸《ようや》く見つけた。

左頰に古い刀傷のある武士は、目の前に落ちた手拭を踏み付けて湯島天神裏門坂通に進んで行った。

名前と家を突き止める……。

平八郎は、古手拭を拾って土埃を叩き落とし、左頰に古い刀傷のある武士を追った。

湯島天神裏門坂通は切通しに続き、本郷の通りに繫がっている。

左頰に古い刀傷のある武士は、塗笠を目深に被って切通しを本郷に向かった。

平八郎は、充分に距離を取って慎重に尾行した。

左頰に古い刀傷のある武士は、尾行を警戒する気配もなく進んだ。

平八郎は追った。

左頰に古い刀傷のある武士は、北ノ天神真光寺《きたのてんじんしんこうじ》門前に出て本郷の通りを小石川に進んだ。

何処に行く……。

平八郎は、左頬に古い刀傷のある武士を追った。

左頬に古い刀傷のある武士は、本郷六丁目に進み、加賀《かが》国金沢《かなざわ》藩前田《まえだ》家江戸上屋敷の向かい側の武家屋敷に入った。

平八郎は見届けた。

さあて、何様の屋敷なのか……。

平八郎は、武家屋敷の隣の菊坂台町《きくざかだいちょう》で聞き込みを始めた。菊坂台町は、古くから菊作りの盛んな高台と云う事でその名が付いたとされる。

平八郎は、菊坂台町の木戸番に聞き込みを掛けた。

武家屋敷は、三河《みかわ》国岡崎《おかざき》藩本多家の江戸下屋敷だった。

「そうか。岡崎藩の下屋敷か……」

「ええ……」

木戸番は頷いた。

左頬に古い刀傷のある武士は、本多家の家臣と思われた。

「下屋敷に左頬に古い刀傷のある家臣がいる筈なんだが、分かるかな」

「ああ。村井郡兵衛《むらいぐんべえ》さまですか……」

「村井郡兵衛……」

左頬に古い刀傷のある武士の名は、容易に割れた。

「ええ。下屋敷詰めの御家来ですよ」

村井郡兵衛の家は、下屋敷の侍長屋……。

平八郎は、下谷広小路を見張り始めて三日目で左頬に古い刀傷のある武士の名前と家を突き止めた。

「そうか……」

「村井さまがどうかしたんですかい……」

木戸番は眉をひそめた。

「いや……」

潮時だ……。

「造作を掛けたな……」

平八郎は言葉を濁し、礼を云って菊坂台町の木戸番屋を出た。

左頬に古い刀傷のある武士の名前は、村井郡兵衛。住まいは、本郷にある岡崎藩江戸下屋敷……。

平八郎は、口入屋の万吉に告げた。

「流石《さすが》は平八郎さん、お見事ですな」

万吉は、狸面を崩して笑った。

「なに、運が良かっただけだ」

平八郎は苦笑した。

万吉は、給金の三百文の他に五十文の色を付けてくれた。

依頼人は、おそらく何倍もの金で頼んでいる筈だ。

万吉は、どのくらい上前を撥《は》ねて儲《もう》けているのだ……。

平八郎は、万吉の狸面が狡猾《こうかつ》な狐のように見えた。

四日が過ぎた。

お地蔵長屋の井戸端は、おかみさんたちで賑わっていた。

平八郎は、昨夜飲んだ酒の匂いを漂わせて眠っていた。

腰高障子が叩かれた。

「誰だ。開いているぞ」

平八郎は、寝惚《ねぼ》け眼《まなこ》で怒鳴った。

「邪魔しますぜ」

岡っ引の駒形の伊佐吉が入って来た。

「なんだ。親分か……」

平八郎は身を起こした。

「ああ……」

伊佐吉は、酒の匂いに眉をひそめながら框に腰掛けた。

平八郎は、粗末な蒲団を二つに畳んで壁際に押し付け、伊佐吉と向かい合った。

「不忍池の畔に仏さんがあがってね。ちょいと見て欲しいんだ」

「俺の知り合いなのか……」

平八郎は眉をひそめた。

「う、うん。そうかもしれねえ……」

伊佐吉は、厳しさを過《よぎ》らせた。

「分かった……」

平八郎は、薄汚れた袴を着け始めた。

不忍池には水鳥が遊んでいた。

死体は、不忍池の畔にある永誓寺《えいせんじ》の納屋に運ばれていた。

平八郎は、伊佐吉と共に納屋に入った。

「おう。忙しいのに済まねえな」

南町奉行所定町廻り同心の高村源吾が、死体を検《あらた》めていた。

「いえ……」

「ま。仏さんの面、拝んでやってくれ」

高村は、死体の顔を覆っていた筵《むしろ》を捲った。

「こいつは……」

平八郎は、死体の顔を見て戸惑った。

「知っているな……」

高村は、平八郎を厳しく見据えた。

「ええ……」

死体の顔の左頬には、古い刀傷があった。

「三河国岡崎藩江戸下屋敷にいる村井郡兵衛です」

「ああ……」

既に仏の身許は割れているらしく、高村は頷いた。

「やっぱり平八郎さんかい、菊坂台町の木戸番に聞き込みを掛けたのは……」

伊佐吉は小さく笑った。

「うん……」

平八郎は頷いた。

「木戸番が、四日前に村井郡兵衛を調べている浪人がいるといって来てね。人相風体を訊くと、平八郎さんじゃあねえかと思いましてね」

伊佐吉は告げた。

「そうか……」

平八郎は、伊佐吉が来た理由が分かった。

「で、何故、村井郡兵衛を調べたんだい」

高村は尋ねた。

「そいつは、口入屋の万吉に雇われたからですよ」

「口入屋の万吉……」

「ええ。一日百文で……」

平八郎は、村井郡兵衛を調べた経緯を高村と伊佐吉に話した。

「で、村井郡兵衛を突き止めたんですかい」

「うん……」

「じゃあ、誰かが村井郡兵衛の名前と家を知りたくて、口入屋の万吉に調べるように頼んだか……」

「そして、一日百文で平八郎さんにお鉢が廻った」

「ま、そんな処だ……」

平八郎は頷いた。

「万吉に頼んだのは、何処の誰か……」

伊佐吉は眉をひそめた。

「口入屋の万吉に訊いてみる必要があるな」

高村は、伊佐吉を一瞥した。

「はい……」

伊佐吉は頷いた。

「親分、旦那……」

下っ引の亀吉が入って来た。

「おう。どうした」

「へい。仏さんを見掛けた人がいました」

「仏さん、何処で何をしていたんだ」

「そいつが、昨夜、不忍池の畔で女と立ち話をしていたそうです」

「女……」

「はい」

「間違いねえんだな」

「そりゃあもう。顔に刀傷があったそうですから……」

亀吉は頷いた。

「昨夜、村井郡兵衛は女と一緒にいて、今朝方、死体で見つけられたか……」

「一緒にいた女、どんな女だったんだい」

「そいつが後ろ向きだったので良く分からないそうなんですが、質素な身なりの若い女じゃあないかと。引き続き、長次さんが追っています」

「そうか……」

「よし。亀吉、長さんの処に戻ってくれ」

「合点です」

亀吉は、駆け出して行った。

「じゃあ旦那。あっしは口入屋の万吉に当たってみます」

「ああ。俺は岡崎藩江戸下屋敷に村井郡兵衛の死体を引き取るように云ってくるぜ」

「はい……」

「そうだ。高村さん、村井郡兵衛、斬られていたんですか……」

平八郎は尋ねた。

「いや。背中から心の臓を一突きだ」

高村は、村井郡兵衛の死体を一瞥した。

「背中から心の臓を一突き……」

平八郎は眉をひそめた。

「ああ。他に手傷はねえ。じゃあな……」

高村は、本郷の岡崎藩江戸下屋敷に向かった。

「造作を掛けましたね」

伊佐吉は、平八郎を労《ねぎら》った。

「いや。これから万吉の店に行くなら、俺も一緒に行くよ」

平八郎は、伊佐吉と共に永誓寺の納屋を出た。

不忍池で遊んでいた水鳥が、羽音を鳴らして一斉に飛び立った。

水飛沫が煌《きら》めきながら飛び散った。

二

口入屋『萬屋』は、明神下の通りにあった。

平八郎と伊佐吉は、口入屋『萬屋』を訪れた。

口入屋『萬屋』は大戸を閉め、主の万吉は留守だった。

「平八郎さん……」

伊佐吉は眉をひそめた。

「うん……」

「今朝、仕事の方はどうだったんですかね」

「別に休むとは聞いちゃあいないよ」

首を捻った平八郎の腹の虫が鳴いた。

「ちょいと、腹拵えをしますか」

伊佐吉は苦笑した。

「そいつはいいな……」

平八郎は嬉しげに笑った。

蕎麦屋から口入屋『萬屋』が見えた。

平八郎と伊佐吉は、酒一合とせいろ蕎麦二枚ずつの昼飯を取りながら、蕎麦屋の亭主に聞き込みを掛けた。

「萬屋、朝の人足手配りを終えてから急に大戸を閉めましてね。そうですか、万吉さん、留守でしたか……」

蕎麦屋の亭主は、戸惑いを浮かべて首を捻った。

「今朝、何か変わった事でもあったのかな」

平八郎は、蕎麦をすすった。

「さあ。別にこれと云った騒ぎもなかったし、いつも通りだったと思いますがね」

「そうか……」

万吉は、急に店を閉めて出掛けていた。

「お邪魔しますよ」

客が入って来た。

「いらっしゃい」

亭主は客を迎えた。

「万吉が出掛けたのは、村井郡兵衛の一件と拘わりがあるのかな」

平八郎は、蕎麦を食べ終えた。

「かもしれませんね……」

伊佐吉は酒をすった。

「処で親分、殺された村井郡兵衛、どんな人柄なのかな」

「未だ詳しく調べちゃあいませんが、ちらりと聞いた処によると、馬庭念流《まにわねんりゅう》の使い手でだらしのない程の酒好きだとか……」

「馬庭念流の使い手で酒好きねえ……」

平八郎は酒をすった。

「ええ……」

「馬庭念流の使い手が、背後から心の臓を狙い澄《す》ました一突き。酒に酔っていたか、かなりの油断をしたか……」

平八郎は睨んだ。

「油断していたとなると……」

伊佐吉は、厳しさを過らせた。

「相手は侍じゃあなく、女か年寄り……」

「じゃあ、昨夜不忍池の畔に一緒にいた女ですかね」

「かもしれない……」

平八郎は、小さな笑みを浮かべた。

「昨夜、一緒にいた女か……」

伊佐吉は眉をひそめた。

「うん……」

「女を追っている長さんと亀の探索、どうなっているか、見てくるか……」

「うん。じゃあ俺は、万吉の行方、追ってみるよ」

平八郎と伊佐吉は、酒の残りを飲み干して蕎麦屋を出た。

伊佐吉は、不忍池の畔に戻って行った。

平八郎は見送り、大戸を閉めている口入屋『萬屋』を眺めた。

口入屋『萬屋』は静寂に包まれていた。

平八郎は、路地から裏手に廻って勝手口の板戸を開けようとした。だが、板戸は鍵が掛かっているのか開かなかった。

「やっぱり閉まっているか……」

平八郎は苦笑し、表に戻った。

不忍池の畔には木洩れ日が揺れていた。

長次と亀吉は、村井郡兵衛が女と来なかったか、畔の料理屋を尋ね歩いた。だが、村井郡兵衛と女が訪れた料理屋はなかった。

長次と亀吉は、不忍池の畔の茶店で一休みした。

「長次さん、村井郡兵衛、女と一緒に料理屋に来たんですかね」

亀吉は、団子を頬張った。

「さあてな。ま、料理屋に浮かばないなら、池之端の飲み屋や曖昧宿《あいまいやど》にも手を広げる迄だ」

長次は、事も無げに云って茶をすすった。

池之端に浮かばなければ、探索は下谷広小路や湯島天神周辺にも及ぶ筈だ。

「はあ……」

亀吉は、団子を茶で飲み下した。

「此処にいたか……」

伊佐吉がやって来た。

「こいつは親分……」

亀吉は、縁台から立ち上がって伊佐吉を迎えた。

「婆さん、茶をもう一つだ」

長次は、茶店の婆さんに茶の追加を頼んだ。

「女、見つかったかい……」

「そいつが未だ……」

長次は、首を静かに横に振った。

「そうか……」

「そっちはどうですか……」

長次は、伊佐吉や高村の探索の進み具合を尋ねた。

「うん……」

伊佐吉は、平八郎の村井郡兵衛捜しが、口入屋の万吉に一日百文の日当で頼まれての仕事だったと告げた。

「やっぱりね。で、万吉さんに捜すように頼んだのは、何処の誰なんですかい」

「そいつが、万吉の旦那、店を閉めて出掛けていてね。今、平八郎さんが捜しているよ」

伊佐吉は、茶店の老婆が持ってきた茶をすすった。

「そうですか……」

「ま、いずれにしろこっちは、村井郡兵衛と一緒にいた若い女だ」

伊佐吉、長次、亀吉は、村井郡兵衛と一緒にいた若い女捜しを急いだ。

口入屋『萬屋』の脇の路地から、頬被りに菅笠を被った人足が出て来た。

人足は、菅笠を僅かに上げて周囲を見廻した。菅笠の下に僅かに見えたのは、万吉の狸面だった。

万吉は、周囲に不審な者がいないのを見届けて明神下の通りを不忍池に向かった。

向かい側の蕎麦屋の暖簾を揺らし、平八郎が現れた。

平八郎は苦笑し、万吉を追った。

万吉は、出掛けていたのではなく、大戸を閉めた店の中にいたのだ。そして、伊佐吉と平八郎が訪れた時、居留守を使った。

そこには、伊佐吉や平八郎に逢いたくない何らかの理由があるのだ。

その理由とは、村井郡兵衛殺しに拘わりがあるのか……。

いずれにしろ万吉は、早々と店を閉め、伊佐吉や平八郎と逢うのを嫌い、顔を隠して密かに出掛けたのだ。

惜しむらくは、勝手口の板戸が内側から鍵が掛けられていた事だ。

表も裏も中から鍵を掛けて出掛ける事はありえない……。

平八郎は、万吉が居留守を使っていると睨んだ。

睨み通り、万吉は居留守を使っていた。

万吉は、明神下の通りを進み、尾行を警戒する気配も見せず妻恋坂《つまこいざか》に曲がった。

何処に行く……。

平八郎は追った。

万吉は、妻恋坂を足早にあがって妻恋町に入った。

平八郎は、万吉を慎重に追った。

口入屋『萬屋』万吉……。

平八郎は、長年にわたって仕事の周旋をして貰ってきたが、詳しい素性は何一つ知らなかった。

万吉は、妻恋町の裏通りに入り、長屋の木戸を潜った。

平八郎は、木戸に潜んで見守った。

万吉は、長屋の奥の家の腰高障子の戸を小さく叩いていた。
腰高障子の戸が僅かに開き、女の姿がちらりと見えた。
万吉は、僅かに開けられた腰高障子の戸から家に入った。
女は厳しい面持ちで辺りを窺い、素早く腰高障子を閉めた。
若い女だった……。
平八郎は見届けた。
万吉が居留守を使ったのは、若い女を知られたくないからなのか……。
そうだとしたら、若い女は村井郡兵衛殺しに拘わりがあるのか……。
若い女が、村井郡兵衛の名前と家を突き止めてくれと頼んだのか……。
村井郡兵衛と一緒に不忍池の畔にいた若い女なのか……。
そして、万吉とどのような拘わりがあるのだ……。
平八郎に様々な疑念が湧いた。
何《いず》れにしろ、若い女の名前と素性だ……。
平八郎は、妻恋町の自身番に急いだ。

自身番の表では、番人が横手の掲示板に触書を貼っていた。

平八郎は、触書を貼り終えた番人を呼び止めた。

番人は、怪訝に振り向いた。

平八郎は、裏通りにある長屋の名を尋ねた。

「ああ。幸兵衛《こうべえ》長屋ですよ」

「幸兵衛長屋……」

「ええ。家主が幸兵衛さんでしてね。幸兵衛長屋がどうしましたか……」

「うん。おりんって若い女が暮らしている筈なんだが……」

平八郎は鎌を掛けた。

「おりん……」

「ああ。どの家か分かるかな」

「旦那、幸兵衛長屋におりんなんて若い女は住んじゃあいませんよ」

番人は眉をひそめた。

「いない……」

平八郎は、困惑を浮かべてみせた。

「ええ。幸兵衛長屋にいる若い女の人は、静乃《しずの》さんって方だけですよ」

「静乃さん……」

「浪人さんの娘さんですよ」

「じゃあ、浪人の御父上と二人で暮らしているのか……」

「いえ。御父上の宗方兵衛《むなかたひようえ》さんは、一月程前に辻斬りに襲われた行商人を助けようとして斬られたんですよ」

番人は、気の毒そうに声を潜めた。

「辻斬り……」

「ええ。その一件で幸兵衛長屋の静乃さんを知ったんですがね」

「で、宗方兵衛さん、斬られて死んだのか」

「ええ……」

番人は頷いた。

「それで、辻斬りは……」

「未だにお縄になっちゃあいませんよ」

番人は、口惜《くや》しげに吐き棄てた。

「そうか……」

村井郡兵衛殺しは、一月程前の辻斬りの一件と拘わりがあるのか……。

平八郎は思いを巡らせた。

幸兵衛長屋は、昼下がりの静寂に包まれていた。

平八郎は、木戸の陰に潜んで静乃の家を見張った。

静乃の家は、腰高障子の戸を閉めてひっそりとしていた。

僅かな刻が過ぎた。

万吉が、静乃の家から出て来る気配はなかった。

野菜を入れた竹籠を背負った老百姓がやって来て、木戸の近くの家に声を掛けた。

おかみさんが出て来た。

「皆、梅吉《うめきち》さんが来たよ」

おかみさんは叫んだ。

長屋の家々からおかみさんたちが出て来た。

「今日は梅吉さん、何があるんだい」

「へい。茄子《なす》に胡瓜《きゆうり》に……」

梅吉と呼ばれた老百姓は、竹籠から茄子や胡瓜を出した。

平八郎は見守った。

「あら、静乃さんは……」
おかみさんの一人が、静乃が出て来ていないのに気が付いた。
「静乃さんならさっき出掛けたよ」
木戸に近い家のおかみさんが答えた。
出掛けた……。
平八郎は驚いた。
次の瞬間、平八郎は木戸の陰から静乃の家に走った。
「何よ、あんた……」
おかみさんたちは驚いた。
平八郎は、静乃の家の腰高障子の戸を叩いた。
家の中から返事はなかった。
平八郎は、腰高障子の戸を開けた。
薄暗い家の中に、静乃と万吉はいなかった。
しまった……。
静乃と万吉は、おそらく自身番に行っている間に出て行ったのだ。
平八郎は、己の迂闊さを悔やんだ。

不意に赤ん坊の泣き声が響いた。
口入屋『萬屋』は大戸を閉めたままであり、人の気配はなかった。
戻って来ていない……。
万吉と静乃は、何処に行ったのだ。
平八郎は立ち尽くした。
万吉と静乃は、平八郎が偶々自身番に行っている時に出て行ったのか……。
それとも、平八郎が追って来たのに気付き、いないのを見計らっての事なのか……。
いずれにしろ、見張りは失敗したのだ。
くそっ……。
平八郎は、己に腹を立てずにはいられなかった。
どうしたらいい……。
平八郎は、立ち直る手立てを探した。
一月程前の辻斬りの一件だ……。
平八郎は、神田川に向かって猛然と走り出した。

陽は大きく西に傾き始めた。

数寄屋橋御門は、夕陽に染まる外濠にその影を伸ばしていた。

平八郎は、数寄屋橋御門内南町奉行所の表門内の腰掛けにいた。

「やあ。待たせたな……」

高村源吾が、同心詰所から足早に出て来た。

「分かりましたか……」

平八郎は、腰掛けから立ち上がった。

「ああ。一月前と云えば、月番は北町だ。中々詳しい事は分からなかったが、吟味方与力の結城さまが一件の覚書の写しを手に入れてくれたぜ」

高村は、懐から覚書の写しを出した。

「こいつはありがたい……」

平八郎は嬉しげに笑った。

三

三味線の爪弾きが聞こえていた。

平八郎は、高村と数寄屋河岸《がし》の小料理屋の小座敷に上がり、辻斬りの覚書の写しを読み終えた。

「どうだ……」

高村は、徳利を差し出した。

「はあ……」

平八郎は、猪口を差し出した。

「北町の奴ら、随分と手を抜いた探索をしたもんだぜ……」

高村は、平八郎の猪口に酒を満たした。

「まったくですね……」

平八郎は頷き、徳利を受け取って高村の猪口に酒を満たした。

「すまねえな」

「いいえ。じゃあ……」

高村と平八郎は、猪口を掲げて飲んだ。

「辻斬りは二人。現れた場所は昌平橋の北詰。狙いは行商人の金……」

平八郎は、覚書に書かれていた事を思い出しながら酒をすすった。

「ああ。行商人を助けに入った宗方兵衛が一人と斬り合っていたのを、残る一人が後ろから斬った」

高村は、事態を読んだ。

「ええ……」

斬られて虫の息だった行商人は、辻斬りの一人の左頰に古い刀傷があったと云い残して死んだ。

北町奉行所の定町廻り同心は、一通りの探索をしただけで終わらせた。

所詮《しょせん》、名もない浪人と行商人が殺された辻斬り強盗事件なのだ。

「左頰に古い刀傷のある辻斬り強盗の一人が、村井郡兵衛ですか……」

「ああ、そう見て間違いはねえだろう」

高村は頷いた。

「高村さん、浪人の宗方兵衛さんには、静乃って娘がいましてね。口入屋の万吉と親しい様子ですよ」

「宗方静乃か……」

「ええ。尤《もっと》も私が自身番に行っている間に万吉と姿を消してしまいましたが……」

平八郎は、口惜しさを隠すように手酌で猪口に満たした酒を飲み干した。

「何処に行ったのかな……」

高村は、平八郎に探るような眼差しを向けた。

「残るもう一人の辻斬りの処ですか……」

平八郎は睨んだ。

「村井から聞き出したか……」

高村は、平八郎を厳しく一瞥した。

「きっと……」

平八郎は頷いた。

高村は苦笑し、猪口の酒を飲み干した。

「高村さん、我々の睨みが正しければ、こいつは仇《あだ》討ちですかね」

平八郎は、高村の猪口に酒を満たした。

「ま、そう云う事になるが、先ずはお尋ね者の辻斬り強盗だ。仇討ちは、お上の仕置を待ってからの話だ」

高村は猪口の酒をすすった。

「ですが、北町奉行所は陸《ろく》な探索を……」

平八郎は口を尖《とが》らせた。

「平八郎の旦那、そいつはこっちの言い分だ。北町には北町の言い分があるさ」

高村は遮った。

「しかし、仇討ちともなれば、只《ただ》の人殺しとは違いますし……」

「だったら、正々堂々の仇討ちをさせればいいだろう」

「正々堂々の仇討ちですか……」

「うむ。一刻も早く静乃を捜し出し、残る辻斬りを父親の仇として討たせるのが上策。違うかい」

高村は苦笑した。

そこには、村井郡兵衛殺しが父親の仇討ちなら、静乃を只の人殺しにするなと云う意味が含まれていた。

「はい……」

平八郎は頷いた。

不忍池は夜の静けさに包まれていた。

伊佐吉、長次、亀吉は、村井郡兵衛と若い女の足取りを漸く突き止めた。

村井と若い女は、池之端の小料理屋の二階の座敷で酒を飲んでいた。

「若い女、どんな風だった……」

伊佐吉は、小料理屋の女将に尋ねた。

「どんなって、二十二、三歳で言葉遣いや立ち振る舞いは、お武家の出のようでしたよ」

女将は、思い出しながら告げた。

「武家の出ねえ……」

「で、その若い女、左頰に古い刀傷のある武士と看板迄いて帰ったんだね」

長次は尋ねた。

「ええ……」

「昨夜、他に看板迄いた客で妙な奴はいなかったかな」

長次は重ねて尋ねた。

「妙なお客ですか……」

女将は眉をひそめた。

「ああ。済まねえが、ちょいと思い出してみてくれ……」

「そうですねえ、看板迄いたのは、お馴染さんばかりだったと思いますけど。そう云えば、一人だけ初めてのお客さんがいましたかしら……」

「そいつ、どんなお客だった」

「どんなお客って、五十歳前後でお店の番頭さんのような方でしてね。顔は狸に似ているような……」

女将は首を捻った。

「親分、長次さん……」

亀吉は眉をひそめた。

「ああ……」

伊佐吉は頷いた。

「笑うと、もっと良く似るんじゃあないかな」

長次は、女将に笑い掛けた。

「そうなんですよ……」

女将は苦笑した。

「親分……」

長次の眼に鋭い輝きが過った。

口入屋『萬屋』の万吉……。

鋭い輝きは、狸面の客を万吉だと告げていた。

「間違いないな。それで女将、その狸面の客、若い女と左頰に古い刀傷のある武士が帰った時、どうした」

「確か直ぐに帰りましたよ」

「追い掛けるようにかい……」

「ええ……」

口入屋の万吉は、若い女と左頰に古い刀傷のある武士が二階の座敷にいる間に訪れ、看板で二人が帰った時、追い掛けるように小料理屋を出て行った。

不忍池には蒼白い月が映《は》えていた。

「口入屋の万吉さん、かなり深く拘わっているようですね」

亀吉は意気込んだ。

「ああ……」

伊佐吉は、厳しさを滲ませた。

「さあて、どうします」

長次は眉をひそめた。

東叡山寛永寺の鐘が、戌《いぬ》の刻五つ（午後八時）を告げた。

池之端から明神下の通りにある口入屋『萬屋』は近い。

「よし。萬屋に行ってみよう」

伊佐吉、長次、亀吉は、夜道を明神下の通りに急いだ。


明神下の通りに人気はなかった。

口入屋『萬屋』は大戸を閉めたままだった。

平八郎は、『萬屋』の周囲を廻った。

家の窓や雨戸の隙間からは、毛筋程の明かりも洩れておらず、人の潜んでいる気配もなかった。

万吉は戻って来ていない……。

平八郎は、佇《たたず》んで吐息を洩らした。

周囲に人の気配が迫った。

平八郎は、『萬屋』を見ながら周囲の闇を窺《うかが》った。

一人、二人、三人……。

密かに迫る者は三人だ。

平八郎は、身構えながら振り返った。

「なんだ。平八郎さんじゃあねえか……」

伊佐吉の声が闇からあがった。

「親分か……」

平八郎は、構えを解いた。

伊佐吉、長次、亀吉が、平八郎の周囲の闇から出て来た。

「やあ、長次さんと亀吉も一緒か……」

「ええ。で、万吉さんは……」

伊佐吉は、暗い口入屋『萬屋』を一瞥した。

「昼間のままだ。戻っちゃあいない」

「そうですか……」

伊佐吉は眉をひそめた。

「で、平八郎さんは、今迄何処に……」

長次は尋ねた。

「うん。いろいろ分かってな。ま、何処かに落ち着こう」

平八郎は、夜の明神下の通りを見廻した。

居酒屋『花や』は、馴染客の楽しげな笑い声で溢れていた。

平八郎は、落ち着ける場所を探した。しかし、落ち着ける場所は、やはり馴染の『花や』しかなかった。

伊佐吉と長次は、口入屋『萬屋』の見張りに亀吉を残し、平八郎と一緒に居酒屋『花や』の暖簾を潜った。

平八郎、伊佐吉、長次は、『花や』の奥の部屋に落ち着いた。

「さあ、どうぞ……」

女将のおりんは、平八郎たちに酒を注いで奥の部屋から出て行った。

「さあて、先ずは親分の方から聞かせて貰おうか……」

平八郎は、伊佐吉を促した。

「若い女と村井郡兵衛の足取り、漸く分かりましたよ……」

伊佐吉は、若い女と村井郡兵衛が逢っていた事と万吉が絡んでいるのを告げた。

「万吉がな……」

平八郎は眉をひそめた。

「ええ。話の様子じゃあ、万吉、二人を見張っていたのかもしれません」

長次は睨んだ。

「そうですか……」

万吉は、思った以上に村井郡兵衛殺しに拘わっているのかもしれない。

平八郎は、言い知れぬ不安を覚えた。

「で、平八郎さんは……」

伊佐吉は酒をすすった。

「うん。実はな。昼間、親分と萬屋の前で別れた後、万吉を見つけて後を尾行たんだ。そうしたら、妻恋町の裏長屋に行って……」

平八郎は、万吉が妻恋町の裏長屋に住んでいる宗方静乃の家を訪れた事を告げた。

「平八郎さん、その宗方静乃って女……」

伊佐吉は、緊張した面持ちで猪口を飯台に戻した。

「ああ。村井郡兵衛と逢っていた若い女に間違いない……」

「それで……」

長次は、平八郎を促した。

「静乃の素性を調べている間に姿を消されましてね……」

平八郎は、己を嘲笑った。

「万吉さんも一緒ですか……」

「ええ……」

平八郎は、宗方静乃の父親の兵衛が一月前に辻斬りに殺された事を知り、高村源吾に聞いた事を告げた。

伊佐吉と長次は、酒を飲むのも忘れたように黙って平八郎の話を聞いた。

「じゃあ、宗方静乃はお父上を斬った辻斬りを捜し、仇を討とうとしているんですか」

「ああ。俺と高村さんはそう睨んだよ」

平八郎は、手酌で酒を飲んだ。

「その仇討ちに万吉さんも絡んでいるんですかい」

「おそらくな……」

「万吉さん、殺された宗方父娘とどんな拘わりなんですかね」

「分からないのはそこだ……」

平八郎は、伊佐吉と長次の猪口に酒を満たした。

「あっ。こいつはどうも……」

伊佐吉と長次は、平八郎に礼を云って酒を飲んだ。

「それで親分、宗方兵衛と行商人を斬った辻斬りは二人組でな。もう一人いる」

「もう一人……」

伊佐吉は眉をひそめた。

「うん。そいつが何処の誰かは未だ……」

「分かりませんか……」

「ああ、おそらく宗方静乃と万吉は、左頰の古い刀傷を手掛かりに村井郡兵衛を捜し、残る一人を突き止めた筈だ」

「じゃあ、静乃さんと万吉さんは……」

伊佐吉は、緊張を過らせた。

「そいつの命を狙っている筈だ……」

平八郎は睨んだ。

「しかし、捜すと云っても雲を摑むような話ですぜ」

長次は吐息を洩らした。

「ええ。村井郡兵衛は、下谷広小路を通って上野新黒門町の辻から切通しを抜け、本郷の岡崎藩江戸下屋敷に戻った。今、分かっている村井の動きはそれだけです……」

「その道筋をみると、村井は入谷か御徒町の方から来たかもしれませんね」

長次は読んだ。

「ええ。御徒町だとしたら忍川沿いです」

忍川は、不忍池から御徒町を抜けて三味線堀の間を流れている。

「他には、村井郡兵衛が親しくしている奴を詳しく洗う……」

伊佐吉は、その眼を鋭く輝かせた。

「うん……」

平八郎は頷いた。

「よし。あっしと亀吉は、村井郡兵衛と親しい奴を捜しますぜ」

伊佐吉は酒を飲んだ。

「じゃあ、俺は御徒町で万吉と静乃を捜してみるよ」

平八郎は、冷えた酒を飲み干した。

「入谷と御徒町を比べれば、武士が多く暮らしているのは御徒町ですか……」

長次は、平八郎の意図を読んだ。

「ええ……」

「あっしも付き合いますよ」

長次は小さく笑った。

「そいつはありがたい……」

平八郎は、猪口の酒を飲み干した。


下谷御徒町は、小旗本や御家人の屋敷が軒を連ねていた。

平八郎と長次は、上野新黒門町の辻から下谷広小路の賑わいを抜け、摩利支天横《まりしてんよこ》丁《ちょう》から御徒町に入った。

「さあて、どうしますか……」

長次は、平八郎に出方を尋ねた。

「芸のない話だが、先ずは狸面をした親父を見掛けなかったか、訊いて廻るしかないでしょう」

平八郎は苦笑した。

「じゃあ、半刻後に三枚橋《さんまいばし》で……」

三枚橋は、忍川に架かる橋で御徒町の北にあった。

「心得た」

平八郎と長次は二手に分かれた。

行商人の売り声が、御徒町に長閑《のどか》に響いていた。

四

岡崎藩本多家江戸下屋敷は、村井郡兵衛の弔《とむら》いを早々に済ませて一件を始末した。

月番の南町奉行所に対しても、村井殺しの探索を急《せ》かせる事もなかった。

下屋敷の留守居頭は、探索を有耶無耶《うやむや》の内に一刻も早く終わらせようとしている……。

密かな噂が、中間や小者たち奉公人の間に流れていた。

下手に詳しく探索されると、村井郡兵衛の身持ちの悪さが露見し、岡崎藩に家中取締り不行届の累が及ぶかもしれない。

下屋敷の家来たちはそれを恐れている……。

伊佐吉と亀吉は、岡崎藩江戸下屋敷の近くにある金沢藩江戸上屋敷や福山《ふくやま》藩江戸下屋敷の中間小者たちから聞き出した。

「下屋敷の連中、村井郡兵衛が辻斬り強盗を働いていたのを知っていたんですかね」

亀吉は眉をひそめた。

「かもしれねえな……」

伊佐吉は、腹立たしげに岡崎藩江戸下屋敷を睨み付けた。

岡崎藩江戸下屋敷の表門脇の潜り戸が開き、風呂敷に包んだ書状を持った中間が出て来た。

「どうします……」

亀吉は、伊佐吉の指示を仰いだ。

「俺が追ってみるぜ」

「はい……」

伊佐吉は、亀吉を残して出掛けて行く中間を追った。


狸面をした親父……。

平八郎と長次は、御徒町に聞き込みを掛けた。

「さあ、手拭の頬被りに菅笠の人足なら見掛けたが、狸面かどうかは分からないな」

着流しの御家人は、幼子の子守りをしながら首を捻った。

頬被りに菅笠の人足……。

万吉が、静乃と消えた時の姿と同じだ。

平八郎は、頬被りに菅笠の人足が万吉だと睨んだ。

「で、見掛けた場所は何処ですか……」

「練塀小路の通りを中御徒町の方に行ったよ」

「そうですか。で、その人足、一人でしたか」

「いや。若い娘御と一緒でな。お供のようにも思えたよ」

若い娘は宗方静乃だ……。

万吉は、睨み通りに宗方静乃と一緒にいる。

平八郎は、漸く静乃と万吉の手掛かりを掴んだ。

「そうですか。御造作をお掛け致した……」

平八郎は、子守りの御家人に礼を述べて練塀小路に急いだ。

万吉と静乃が練塀小路にいたとなると、村井郡兵衛と一緒に辻斬り強盗を働いた武士は、練塀小路か御徒町に住んでいる。

平八郎は、睨みが当たっていたのに少なからず安堵した。

中間は、本郷の通りから切通しを抜け、御徒町から三味線堀に入った。そして、三味線堀から大川に続く新堀川沿いを進み、蔵前の通りにある大名屋敷に入った。

伊佐吉は見届け、大名屋敷が何処の藩のものか調べた。

岡崎藩江戸中屋敷……。

中間は、中屋敷にいる誰かに書状を届けに来た。

伊佐吉はそう読み、中間の出て来るのを待った。

四半刻が過ぎた頃、中間が中屋敷から現れ、来た道を戻り始めた。

伊佐吉は追った。

中間は、使いが無事に終わった気楽さからか、のんびりとした足取りで進んだ。

何処で声を掛けるか……。

伊佐吉は、機会を窺いながら追った。

中間は、新堀川に架かる甚内橋《じんないばし》を渡って鳥越《とりごえ》明神の前に出た。そして、鳥越明神前の蕎麦屋に入った。

伊佐吉は、嬉しげな笑みを浮かべた。

中間は隅の席に座り、酒とあられ蕎麦を頼んだ。

使いに出ての楽しみは、僅かだが気儘《きまま》な時を持てる事だ。

中間は、中屋敷に使いに来た時は、必ず鳥越明神前の蕎麦屋で酒を一杯飲み、あれ蕎麦を食べた。

「お待たせしました」

「おう。待ち兼ねたぜ」

中間は、店主が持って来た徳利の酒を美味そうに飲んだ。

「お邪魔しますぜ」

伊佐吉は、徳利と猪口を持って中間の前に座った。

中間の顔に警戒心が溢れた。

「本郷の下屋敷に帰る前に一杯ですかい」

伊佐吉は笑った。

素性を知られている……。

中間は顔色を変え、手にしていた猪口から酒を零《こぼ》した。

使いの途中で酒を飲んだ事が、下屋敷の留守居頭に知れたらどんな咎めを受けるか分からない。

中間は恐れた。

「ま、どうぞ……」

伊佐吉は、中間の猪口に酒を満たした。

「お、お前さん……」

「ちょいと訊きたい事があってね」

伊佐吉は、懐の十手を僅かに見せた。

中間は緊張を漲《みなぎ》らせた。

「殺された村井郡兵衛さん、いろいろ噂があるけど、連《つる》んでいたのは何処の誰かな」

伊佐吉は、酒を飲みながら笑顔で尋ねた。

「村井さまと連んでいた人……」

「ああ。教えてくれれば、蕎麦が出来る前に消えるぜ」

中間は、覚悟を決めたように猪口の酒を飲み干した。

「滝沢総一郎《たきざわそういちろう》さま……」

中間は、吐息混じりに告げた。

「滝沢総一郎。住まいは……」

伊佐吉は、中間の猪口に酒を満たした。

中間は、猪口の酒を飲んだ。

「下谷中御徒町……」

「中御徒町……」

「常在寺《じようざいじ》の裏の組屋敷です」

「御家人かな……」

「ええ……」

中間は頷いた。

村井郡兵衛と連んで辻斬り強盗を働き、宗方兵衛と行商人を殺《あや》めたのは、御家人の滝沢総一郎だ。

伊佐吉は知った。

「そうかい。助かったぜ。こいつは邪魔をした詫び料だ」

伊佐吉は、中間に小粒を握らせた。

中間は、伊佐吉を見つめながら小粒を固く握り締めた。

小粒は詫び料であり、口止め料でもあった。

「造作を掛けたな……」

伊佐吉は、蕎麦屋を出て中御徒町に急いだ。

平八郎と長次は、忍川に架かる三枚橋の袂で落ち合った。

「万吉さんらしい人がいましたか……」

長次は眉をひそめた。

「ええ。宗方静乃と一緒のようです」

平八郎は頷いた。

「やっぱり御徒町でしたよ」

「ええ。あっしも評判の悪い野郎がいないか聞いて廻ったんですがね……」

「いましたか……」

「多過ぎるってぐらいに……」

長次は苦笑した。

「で、評判の悪い野郎の屋敷の周りを調べたんですが、今の処、万吉さんたちは未だ……」

「そうですか。で、次は……」

「酒と博奕に目がなく、金の為なら強請たかりも平気でするって噂の御家人が一人……」

「名前は……」

「滝沢総一郎……」

「家はこの近くですか……」

「ええ。常在寺の裏手だそうです」

「行ってみましょう」

平八郎と長次は、常在寺の裏手に急いだ。


中御徒町の北の外れ、常在寺の裏手に連なる組屋敷に滝沢総一郎の屋敷はあった。

平八郎と長次は、滝沢の屋敷を窺った。

滝沢の屋敷は、手入れをされている様子もなく荒れていた。

平八郎と長次は、屋敷の周りを調べた。だが、万吉や静乃が潜んでいる様子はなかった。

「万吉さんや静乃さん、いませんね……」

長次は眉を曇らせた。

「此処も違うのかもしれませんね」

「ええ……」

長次は頷いた。

「じゃあ次は……」

平八郎と長次は、滝沢の屋敷から忍川の方に戻り始めた。

「平八郎さん、長さん……」

伊佐吉が、三味線堀の方から駆け寄って来た。

「やあ、親分……」

平八郎と長次は迎えた。

「万吉さんたちいましたか……」

伊佐吉は眉をひそめた。

「いや。未だだ……」

「そうですか。村井郡兵衛と連んでいた野郎、何処の誰か分かりましたよ」

伊佐吉は、冷笑を浮かべた。

「何処の誰だい」

「滝沢総一郎って御家人でしてね……」

「滝沢総一郎……」

平八郎と長次は、思わず顔を見合わせた。

「屋敷は常在寺の裏だそうだ」

伊佐吉は告げた。

「親分、今、その滝沢の屋敷に行ったんですが、万吉さんや静乃さんが潜んでいる様子はありませんでしたぜ」

長次は眉をひそめた。

「いない……」

伊佐吉は戸惑った。

「そうか、しまった……」

平八郎は身を翻《ひるがえ》し、滝沢の屋敷に猛然と走った。

伊佐吉と長次が続いた。


滝沢屋敷の木戸門は甲高い軋みをあげた。

平八郎は、雑草の生えた前庭から玄関に走り、板戸を叩いた。

「滝沢さん、滝沢さん……」

屋敷の中から返事はなかった。

「平八郎さん……」

伊佐吉と長次が追って来た。

「事は既に終わったのかもしれぬ……」

平八郎は、口惜しげに告げて板戸を開けた。
血の臭いが微かにした。
予感は当たった……。
平八郎は、屋敷の中に踏み込んだ。
百石以下の御家人の屋敷は、八畳二間に六畳二間、台所と納戸が普通の間取りだ。
平八郎は、玄関に続いた八畳間に入り、何かを踏み付けた。
菅笠だった。
平八郎は、隣の薄暗い六畳間に男が倒れているのに気付いた。
男は匕首を握って俯せに倒れ、腹から血を流していた。
平八郎は、倒れている男に駆け寄って助け起こした。
男は、口入屋『萬屋』の万吉だった。
「万吉……」
平八郎は驚いた。
万吉は微かに息を鳴らし、その身体はまだ仄《ほの》かに温かかった。
死んじゃあいない……。
「万吉、しっかりしろ、万吉……」

平八郎は、万吉を揺り動かした。

万吉は、微かに呻いた。

伊佐吉と長次は、残る座敷と台所などを調べ始めた。

万吉は、苦しげに気を取り戻した。

「万吉……」

「へ、平八郎さん……」

万吉は、平八郎に気付いて狸面の頬を引き攣《つ》らせた。

「静乃さんを、宗方静乃さんを助けて下さい」

「どうした。宗方静乃はどうしたんだ」

「あっしが逃がした……」

「何処に……」

「おそらく妻恋町の長屋……」

「で、滝沢総一郎は……」

平八郎は畳み掛けた。

「追って行った……」

「平八郎さん……」

伊佐吉と長次が戻って来た。

「他に誰もいねえ」

「長次さん、万吉を頼みます。俺は妻恋町の長屋に行きます」

「承知……」

長次は頷いた。

「俺も行くぜ」

「うん」

平八郎は、伊佐吉と共に滝沢の屋敷を駆け出した。

長次は、万吉の腹の傷の応急手当を始めた。

「すまない……」

万吉は、狸面を苦しげに歪めた。

「万吉さん、村井郡兵衛が宗方兵衛さんを斬った辻斬り強盗だと突き止め、もう一人の辻斬りが滝沢総一郎だと聞き出したんだね」

長次は、手当をしながら尋ねた。

「ええ……」

「それから、静乃さんと二人で村井郡兵衛を殺めたんだね」

「仇討ちです。宗方兵衛さまの仇を討ったんですよ……」

万吉は、狸面を引き攣らせて笑った。

「そして、もう一人の滝沢総一郎を付け狙ったのかい……」

「ええ。滝沢の野郎、留守を続けていて、今朝方帰って来ましてね……」

「それで襲ったかい……」

「だけど、素性を気付かれ、失敗しちまいました……」

万吉は、口惜しげに顔を歪めた。その顔は一段と狸に似た。

滝沢は、父の仇と斬り掛かった静乃に迫った。万吉は、滝沢に匕首で突き掛かり、静乃を庇《かば》って逃がした。だが、万吉は滝沢の相手ではなかった。

滝沢は、万吉を斬り棄てて静乃を追った。

万吉は、狸面を苦しげに歪めて激しく咳《せ》き込んだ。

御徒町から妻恋町は遠くはない。

平八郎と伊佐吉は、下谷広小路から明神下の通りに抜け、妻恋坂を猛然と駆け上がった。

妻恋坂を上がった処が妻恋町であり、裏通りに宗方静乃の暮らす幸兵衛長屋がある。

平八郎と伊佐吉は急いだ。

幸兵衛長屋の井戸端は、夕食の仕度をするおかみさんたちで賑わっていた。

静乃の家は静まり返っていた。

御家人・滝沢総一郎は、幸兵衛長屋の木戸に潜んで静乃の家を見張った。

静乃が逃げ込んだ家に押し込もうとした時、おかみさんたちが井戸端に出て来て賑やかに夕食の仕度を始めた。

滝沢は、慌てて木戸に身を隠した。

騒ぎになったら拙《まず》い……。

滝沢は、おかみさんたちの夕食の仕度が終わるのを待つしかなかった。

斬り付けて来た娘は、父の仇と叫んでいた。

父の仇……。

何処かで斬り棄てた侍の娘なのだ。

滝沢の認識は、その程度だった。

騒ぎ立てられる前に始末するしかない……。

滝沢は、微かな焦りを覚えた。

おかみさんたちは夕食の仕度を終え、それぞれの家に戻って行った。

一時の静けさが、幸兵衛長屋に訪れた。

今だ……。

滝沢は、木戸を出て静乃の家に向かった。

「滝沢総一郎……」

刹那、背後から鋭い声が掛かった。

しまった……。

滝沢は、思わず狼狽《うろた》えた。

若い浪人と岡っ引らしき男が、長屋の木戸を潜って来た。

これ迄だ……。

滝沢は刀の鯉口《こいぐち》を切り、静乃の家の腰高障子の戸を蹴破った。

次の瞬間、白刃の輝きが放たれた。

滝沢は、驚いたように眼を丸くして立ち竦《すく》んだ。そして、己の腹に突き刺さっている白刃を呆然と見下ろした。

宗方静乃は、刀の柄を握り締めて激しく震えていた。

「父の、父の仇……」

静乃は声を震わせ、必死に滝沢を睨み付けた。

「お、おのれ……」

滝沢は、顔を醜く歪めて静乃に摑み掛かろうとした。

静乃は、刀の柄を突き放した。

滝沢はよろめき、腹に刀を突き刺したまま尻餅を突いた。

「滝沢総一郎、辻斬り強盗でお縄にする。神妙にするんだね」

伊佐吉は見下ろした。

「お、おのれ。俺は直参。岡っ引風情《ふぜい》の縄は受けぬ」

滝沢は、苦しげに身を捩《よじ》り、息を鳴らした。

「ならば、宗方静乃さんに父兵衛どのの仇として討ち果たして貰う迄だ……」

平八郎は、冷たく云い放った。

「助けろ。頼む、助けてくれ……」

滝沢は手を合わせて哀願し、醜く顔を歪めて絶命した。

「静乃さん、見事にお父上の仇を討ちましたね」

平八郎は、立ち尽くしている静乃に声を掛けた。

静乃は、その場に座り込んで泣き出した。

平八郎と伊佐吉は見守った。

長屋のおかみさんたちが現れ、恐ろしげに囁《ささや》き合った。

静乃は泣き続けた。


南町奉行所吟味方与力の結城半蔵は、村井郡兵衛と滝沢総一郎を辻斬り強盗と断定し、宗方静乃の仇討ちを認めた。

静乃は、父の仇の村井と滝沢を討ち果たしたとされた。

口入屋『萬屋』万吉の腹の傷は深く、危険な状態が続いた。

結城半蔵は、万吉を静乃の仇討ちの助太刀としてお咎めなしとした。

万吉は、静乃の父親宗方兵衛と若い頃からの友人だった。

「兵衛さんは、昔からあっしを友として扱ってくれましてね……」

万吉は苦笑し、己の昔に就いて多くを語らなかった。

苦笑した万吉の顔は、狸に良く似ていた。

その昔、宗方兵衛と万吉の間に何があったのかは、静乃も詳しくは知らなかった。

万吉は、若い頃に何をしていたのか……。

人は誰しも、他人には云えない秘密を抱えている。
平八郎は、口入屋の万吉の素性を何も知らないのに改めて気付いた。
何れにしろ狸面の万吉は、静乃の仇討ちの助太刀を見事に果たした。

二〇〇字書評

銭十文

切り取り線

購買動機（新聞、雑誌名を記入するか、あるいは○をつけてください）	
□（　　　）の広告を見て	
□（　　　）の書評を見て	
□ 知人のすすめで	□ タイトルに惹かれて
□ カバーが良かったから	□ 内容が面白そうだから
□ 好きな作家だから	□ 好きな分野の本だから

・最近、最も感銘を受けた作品名をお書き下さい

・あなたのお好きな作家名をお書き下さい

・その他、ご要望がありましたらお書き下さい

住所	〒				
氏名		職業		年齢	
Eメール	※携帯には配信できません	新刊情報等のメール配信を 希望する・しない			

この本の感想を、編集部までお寄せいただけたらありがたく存じます。今後の企画の参考にさせていただきます。Eメールでも結構です。

いただいた「一〇〇字書評」は、新聞・雑誌等に紹介させていただくことがあります。その場合はお礼として特製図書カードを差し上げます。

前ページの原稿用紙に書評をお書きの上、切り取り、左記までお送り下さい。宛先の住所は不要です。

なお、ご記入いただいたお名前、ご住所等は、書評紹介の事前了解、謝礼のお届けのためだけに利用し、そのほかの目的のために利用することはありません。

〒一〇一-八七〇一
祥伝社文庫編集長 坂口芳和
電話 〇三（三二六五）二〇八〇

祥伝社ホームページの「ブックレビュー」からも、書き込めます。
http://www.shodensha.co.jp/bookreview/

祥伝社文庫

銭十文《ぜにじゅうもん》 素浪人稼業《すろうにんかぎょう》

平成25年 3 月20日 初版第1刷発行

著 者 藤井邦夫《ふじいくにお》

発行者 竹内和芳

発行所 祥伝社《しょうでんしゃ》

東京都千代田区神田神保町 3-3
〒101-8701
電話 03（3265）2081（販売部）
電話 03（3265）2080（編集部）
電話 03（3265）3622（業務部）
http://www.shodensha.co.jp/

印刷所 萩原印刷
製本所 積信堂
カバーフォーマットデザイン 中原達治

Printed in Japan ©2013, Kunio Fujii ISBN978-4-396-33827-5 C0193

祥伝社文庫の好評既刊

藤井邦夫
死に神
素浪人稼業⑦

死に神に取り憑かれた若旦那を守って欲しい!? 突拍子もない依頼に平八郎は……。心温まる人情時代第七弾!

藤原緋沙子
恋椿
橋廻り同心・平七郎控①

橋上に芽生える愛、終わる命…橋廻り同心平七郎と瓦版女主人おこうの人情味溢れる江戸橋づくし物語。

藤原緋沙子
火の華《はな》
橋廻り同心・平七郎控②

江戸の橋を預かる橋廻り同心・平七郎が、剣と人情をもって悪を裁くさまを、繊細な筆致で描くシリーズ第二弾。

藤原緋沙子
雪舞い
橋廻り同心・平七郎控③

雲母橋《きらず》・千鳥橋《ちどり》・思案橋《しあん》・今戸橋《いまど》。橋廻り同心・平七郎の人情裁きが冴えわたる好評シリーズ第三弾。

藤原緋沙子
夕立《ゆだ》ち
橋廻り同心・平七郎控④

人生模様が交差する江戸の橋を預かる、北町奉行所橋廻り同心・平七郎の人情裁き。好評シリーズ第四弾。

藤原緋沙子
冬萌え
橋廻り同心・平七郎控⑤

泥棒捕縛に手柄の娘の秘密。高利貸しの優しい顔――橋の上での人生の悲喜こもごも。人気シリーズ第五弾。